平凡社新書
1056

ミステリーで読む平成時代
1989-2019年

古橋信孝
FURUHASHI NOBUYOSHI

HEIBONSHA

ミステリーで読む平成時代●目次

第三章　平成の家族と人々

第四章 歴史を求める

第五章 新たな脅威――ウィルス、開発、自衛隊

第六章　異郷からの目

はじめに

「平成」が終わり、「令和」になって四年が経った。令和になってしばらくして、私はここ二〇年近く平安期の歌物語である『大和物語』の注釈をしているが、その若いメンバー(昭和の末期と平成の初期に生まれた世代の二人の大学院生)に、「平成」とはどういう時代だったと思うか訊いてみた。この問いへの回答は、かんばしくない、というよりどう答えていいかわからない感じである。バブルの崩壊、阪神淡路大震災、オウム真理教事件、東日本大震災と悪いことがすぐに思い出されるが、いいことを訊いてみても出てこない。研究についても思想についても、平成期になってからの新しい見方は浮かばないようだ。

平成元年は一九八九年、令和元年は二〇一九年。平成は三一年間あった。そして平成期に二一世紀が始まっている。それなのに印象が薄い。一つには昭和が世界大戦そして敗戦・復興と全国民規模でいろいろなことがあり、東京オリンピック、テレビの普及、新幹線など話題も豊富だったことが大きいだろう。昭和は六四年、敗戦後だけで四四年もあったのである。

平成の印象が薄い大きな理由の一つには西暦が当たり前になったことがあるだろう。いわゆる和年号が使われなくなった。私自身のことをいえば、昭和一八年生まれというほうが、一九四三年生まれというよりリアルに感じられる。リアルとはこの場合、生きてきた実感みたいなもののようだ。私は昭和の時代に生まれ、育ち、思想を形成し、研究者として生き、大学の教員という職業によって生活の糧《かて》を得てきた。

平成を生きてきたという感じは薄い。昭和の終わりをけっこうリアルに覚えているのは、学生が皇居前で昭和天皇への弔意を示し記帳したと報告に来たことだった。私は開戦も終戦も天皇がしたのだから、責任をとって退位するべきだったと思っており、講義でもそんな話をしていた。天皇制とは何か考えてほしかったのである。そんなことで、私はまだ昭和から抜け出せていないのだと思う。平成を生きてきたという実感が薄かったのである。

しかし令和となると、どうしても平成を意識する。そうしているなかで、時事通信の記者石丸淳也さんが、私の前著『ミステリーで読む戦後史』(平凡社新書、平成三一年〈二〇一九〉)をおもしろがってくれて、「平成ミステリーの風景」の連載二〇回を書くことになった。平成と向き合うことになったのである。「平成とは何だったのか」をミステリーで考えてみようということである。

ミステリーはいわゆる純文学と違って、書かれている時代、社会がより反映され、その社会が抱えている問題がテーマになる場合が多くある。それゆえその時代、社会を読み取ることができる。いわゆる純文学がより内面にこだわるのに対し、ミステリーはできごと、時代、社会から人間を語ろうとするからとでもいっておきたい。

スウェーデンの刑事マルティン・ベックを主人公とするシリーズの作者マイ・シューヴァルとペール・ヴァールー夫妻が、一九七一年九月六日号の『パブリッシャーズ・ウィークリー』誌に載った記者会見で、「数ある創作形式のなかで、犯罪小説という形式を選んだ動機」を問う記者の質問に対して、

わたしたちの住んでいる社会を分析するには、犯罪小説ほど格好な形式はないとおもうからです。その点でわたしたちの推理小説観は、わたしたちの大いに尊敬しているロス・マクドナルドのそれと一脈相通ずるものがあるといっていいのではないでしょうか。

と答え、さらにこの「マルティン・ベック・シリーズ」について、

一つの大河小説を完成させるつもりで各巻を書いているわけです。その三百章を通して、前後十年間にわたるスウェーデン社会の変遷を、マルティン・ベックの生活や、彼が追う事件によって描き上げでみたいというのが、実はわたしたちの念願なのですが……

（『笑う警官』「あとがき」角川文庫、昭和四七年〈一九七二〉）

と語っている。マルティン・ベック・シリーズは一九六五年から一〇年にわたって一年一作で刊行されていったもので、引いたインタビューはその四作目『笑う警官』の巻末の「あとがき」に載っていたものである。

このシリーズは、主任の警部を中心に部下の刑事たちと事件を解決していくさま、そして一人一人の刑事にも焦点を当てていく進行が特徴の、アメリカのエド・マクベイン「87分署」シリーズを踏まえたものである。名探偵など個人の天才的な能力によって事件を解決するのとは違う、警察という組織のなかでそれぞれの刑事が力を発揮して、その総合力で事件を解決していくもので、新しい推理小説といっていい。そのマルティン・ベック・シリーズで書こうとしたのがスウェーデン社会の一〇年間の変遷、歴史だというのである。

この一九六〇年代末からの約一〇年間は、日本では全国学園闘争の時期であり、アメリカはベトナム戦争反対、フランスでも学生たちの反乱があり、まさに世界中で若者がこれまでの秩序への違和を表明した時代だった。『笑う警官』にも、一言だが、刑事たちの会話に、ベトナム戦争反対のデモに対する警備に駆り立てられることに違和を感じている警官が語られている。

推理小説作家が「私たちの住んでいる社会を分析するには、これほど格好な表現形式はない」と答えているが、日本の読者はなかなかこういう視点では読まない。当然ではあるが、密室物、倒叙物などと分類され、トリックの斬新さなどが重視される。このような読み方は愛好家のもので、なかなか批評には至らない。

古典文学を研究してきた私には、千年以上も前の作品を読むには、その時代、社会を知らねばならず、その時代の人々の考え方、感じ方を知る必要があると考えてきた。

たとえば、古代の旅の歌は、自分が暮らしている家郷から離れ異郷を行くものだから、景色を楽しむなんてものではなかった。境界を通るごとに土地の神々に無事に通してもらえるように祈願した。そして毎日無事の帰還を祈ってくれる家郷の妻を想うことで、安心を得ようとしていた。だから旅の歌はほとんど似通ったものばかりである。旅の無事を祈る役割をもっていたのである。文学も歴史的なものである。したがって、われわれは常に自分たちの社会の感じ方、考え方がどこでも通じるものではなく、それ自体が歴史的なものかもしれないと考えていなければならない。これが公平な批評の立場だ。

私の前著に対してネタバレなどと、自分たちの読んできたミステリーのなかに閉じこもって、ミステリー同好会のような仲間以外の発言を拒否する評があった。しかし前著は、はっきりとミステリーそのものを評価しようというつもりもないとしたうえで、ミステリーから戦後の歴史を読もうというモチーフを語っている。シューヴァル、ヴァールー夫妻の発言を引いて述べたように、ますます、これまでそういう読み方をした者はいないと思わされた。書き手の意図が明確に書かれているのを無視して、自分の好きなようにしか読めないのは、この場合は、批判というより文句をつけたいところだけ探し、そこだけ切り離していちゃもんをつける態度であり、この書物は何を書こうとしたものかは考えないで、この現在の、自分の言いたいことだけいい、人の話を聞かない者が増えてきた社会と通じている。

こういう態度はいつの時代にもあるが、とみに平成から増えてきたように思える。客観的に、普遍的な立場に立たなければならない学者でもそういう者は多くいる。

「平成」が終わった頃には、「平成」とはどういう時代だったかを語る本が書かれた。それらはバブルの崩壊に象徴される経済を語るものが多く、成長がなかったことをいう。それはそれで重要なことだが、私は人々がその「平成」という時代をどう感じていたかに関心がある。だからミステリーなのだ。

前著では、敗戦後の閉塞感がテーマになっていたり、復興し豊かになりつつも敗戦の影が犯罪をもたらすというように、ミステリーが先に引いたシューヴァル、ヴァールー夫妻のいうように、ある時代の社会をミステリーでこそ書けるというだけでなく、場面として新宿歌舞伎町の暗い街に安らぐ人々が書かれ、都知事が明るい街に「浄化」していく以前のなつかしい新宿を思い起こさせるなど、場面に時代、社会が書かれたりしていることが見出せた。

本書は、その方向を受け継ぎ、「平成」とはどういう時代だったかについて多くのミステリーが扱っている六つのテーマを取り出し、そこに時代、社会が抱えている関心があると考え、整理した。

昭和という時代は、世界大戦を挟んで、天皇を中心とした帝国主義と天皇を象徴とした議会制民主主義というまったく異なる政治体制を体験してきた。私はこうした社会に生きたおかげで、対立する思想を知ったし、学生運動、労働運動などの社会運動も知り、しかも、一九六〇年代後半から七〇年代前半の激動というか、全国学園闘争とその後のぽっかりと空いた空白ともいえる時代を体験してきた。そのことで、われわれの世代は世界を公平にみることが可能になっている。

それは敗戦後二〇年を経て、戦後の体制、思想自体を疑う雰囲気が生まれていたからである。あらゆる思想、考え、感受性までが検討の対象になった。私についていえば、あらゆる思想・文化は歴史的なものと考えるようになった。文学研究に向かっていた私はマルクスの芸術論は信じられなかった。もちろん民主主義も自由主義も嘘っぽくみえた。

このような視点は、単純化していえば、平成以降の世界が社会主義国の崩壊によって東西冷戦の構造は崩れ、資本主義、民主主義が世界史の流れにおいて正しいものとして受け取られ、世界は資本主義、民主主義、自由主義が唯一の正しい思想であるかのようになったという感じ方を導いた。

これはきわめて危険な状況である。自分の考えが他人に通じるかどうかを検討する必要もない、きわめて不公平な自分勝手なものである可能性が高い。一部が大声で主張すれば、それに反対する意見は足をひっぱると排除されることもある。

このような状況はますます個人を孤立させるだろう。関係は、意見の合う親しい者同士のなかに閉じられ、その外側はどうでもいいことになっていく。この頃、私は狭い歩道で他人にぶつかっても知らん顔という場面にしばしば出会う。そういう相手には、ぶつかった私は木石《ぼくせき》と同じなのだ。最近の流行りの言葉でいえば、多様性と矛盾する。

そういうなかで、これまで、少なくとも敗戦から七〇年の歴史を経て積み重ねられてきた考え方、感じ方の側からはこういえる、ということをいっておくこともしたくなった。

本文では、私自身の論評を【昭和からのコメント】として添えた。人の考えは多様で、その多様の一つにすぎないかもしれないが、私は世界が多様で、人も多様だと知っているつもりである。多様自体はバラバラであるにすぎず、その多様さを価値とする現在の考え方は、岸田首相ではないが「考えを共有する」ことを前提として成り立つもので、共有しなければ多様さを認めないのは多様性を認めることと矛盾する。

中国もロシアも多様の一つではないか。つまり仲間内の多様をいっているだけで、他の多様を排除しているから多様ではないのである。地球が始まったときからさまざまな生き物が生まれ、多様であった。だからその本質的、根本的な多様に立ったうえでの多様をいわなければ何の新しさもなく、意味もない。私はそういうことなどをふまえて、自分の考えを言っているつもりである。

ただし、私の考えといっても、世界、社会や人間をどう考えていけばいいか、基本的な考え方の方向を述べているはずである。つまり、私の考えというより、昭和を生きてきた者の発言として受け止めて欲しい。

序章　昭和のミステリーを振り返る

1 戦前のミステリー

日本最初の探偵小説は黒岩涙香「無惨」（明治二二年〈一八八九〉）といわれてきたが、伊藤秀雄『明治の探偵小説』（昭和六一年〈一九八六〉）は須藤南翠「殺人犯」（一八八八年）という。世界最初の探偵小説はエドガ・アラン・ポー「モルグ街の殺人」（一八四一年）であり、その翻訳が竹の屋主人饗庭篁村「ルーモルグの人殺し」（一八八七年）というから、初めての近代小説といわれる二葉亭四迷『浮雲』の第一編が書かれたのは明治二〇年（一八八七）だから、日本の探偵小説は、日本が欧米の近代小説を取り入れてすぐのことである。それは江戸時代にすでに日本が近代社会を用意していたことを意味している。

近代社会は、宗教的な思考を弱め科学的な思考を重視する。地域差、文化の違いを超えてどこにでも通用するのはキリスト教などの宗教ではなく、証拠を出して一つ一つ確かめる科学的、論理的な思考である。ミステリーが近代社会に特有なのはこの科学的思考にある。

探偵小説という言い方は明治期からあり、戦後まで使われていた。「無惨」では警察官が事件を探る者として探偵と呼ばれている。そして江戸川乱歩の明智小五郎、横溝正史の金田一耕助は私立探偵である。

私は子供の頃、明智小五郎の活躍する「怪人二十面相」などを読んでいるが、ミステリーとはいわなかった。学生時代にふたたびミステリーを読むようになった頃には、探偵小説ではなく推理小説という言い方になっている。日本では、私立探偵はそれほどリアルではなく、警察が事件を解決するのが普通だったからだと思う。それに推理小説という言い方は、証拠を集めそこから犯人を暴くという論理的、科学的な思考からの言い方であることに共感していたからだろう。私がミステリーという言い方を使うようになったのは、前著『ミステリーで読む戦後史』からである。推理小説の幅が広がり、SFっぽいもの、オカルト的な感じの濃いものも含むようになり、ミステリーといったほうがその幅を示せると思ったからである。本書も基本的にそれを受け継いでいる。

日本のミステリーは、大正九年（一九二〇）に創刊された『新青年』によって活性化する。『新青年』は推理小説だけでなく、人類学などの欧米の科学的な論文なども翻訳されて載せられ、新しい思想を直輸入的に紹介した。

そういうなかで、江戸川乱歩（一八九四〜一九六五）が登場する。乱歩は『新青年』（大正一二年四月号）に「二銭銅貨」を発表してデビューした。「二銭銅貨」は、貧乏のどん底にいる、どちらが頭がいいか競っている二人の若者の一人が、五万円の給料を盗み捕まったが、金のありかは白状しない「紳士泥棒」の隠した金を推理によって見つけ自分のものにする。しかしそれはもう一人の若者である語り手が仕組んだもので、偽札でしかなかったという話である。それは、まったくの机上の話で、乱歩自身が「智的小説」と呼んでいる、推理・論理的な思考そのものへの関心を書いたものであった。

しかし乱歩は「人間椅子」(大正一四年〈一九二五〉)で、いわば異常な心の動きへの関心を書いた。「人間椅子」は、作った椅子に入ってその椅子を購入した家に入り、窃盗することが目的だったが、椅子に入っていて座った女を感じ陶酔し、さらに女も椅子に入っている男の体温を心地よく感じるというような、異常な心理を書いている。

乱歩は、このような異常心理をもち込むことで、犯罪に至る内面を書くことに成功し、ミステリーをリアルなものとした。

この乱歩の異常ともいえる心理をさらに追求した夢野久作『ドグラ・マグラ』(昭和一〇年〈一九三五〉)は、精神病院を舞台とし、病院を解放治療の場とした正木博士が胎児のときに体験した、祖先が起こした歴史的な事件を呼び起こして、同じシチュエーションで人を殺させるという話であった。犯罪を起こす心理を異常、起こさない心理を正常とすれば、その正常と異常を逆転してみせることまで試みたのである。

『新青年』は、いわゆる異常な心理も抱え込みつつ、いわば論理の重要さ、知の価値を広める働きをしたといっていい。こういう知の方向は、甲賀三郎「琥珀のパイプ」（大正一五年〈一九二六〉）の、軍備拡張論者と縮小論者の論争、つまり犯罪者が犯罪者を利用して宝石を手に入れるという話の本筋とはまったく関係がないことを書くことによって、書き手の自由な思考の吐露といっていい、軍事予算の削減の主張まですることをもたらした。ミステリーの質の高さは、その社会の批評の自由と繫がるという意味で、引いておく。

一体今度の震災で物質文明が脆《もろ》くも自然に負かされたと云う議論があるようだが、以ってての外の事です。吾人の持っている文化は今度の地震位で破壊せられるものじゃありませんよ。現にビクともしないで残っている建物があるじゃありませんか、吾人の持っている科学を完全に適用さえすれば、或程度まで自然の暴虐に堪える事が出来るのです。吾人は本当の文化を帝都に布《し》かなかったのです。恐らく日露戦役後に費やされた軍備費の半《なかば》が、帝都の文化施設に費われていたら、帝都も今回のような惨害は受けなかったでしょう。もうこの上は軍備縮小あるのみですよ。

「今度の震災」とは関東大震災（大正一二年〈一九二三〉）のことで、一般的に「物質文明」に対し、開発を進めれば必ず自然からしっぺ返しを食らうという非難へと繫がるが、そういう非難に対し、逆にコンクリートのビルがびくともしなかったことを証拠にして反論するところに、科学に対する信頼が語られている。それが日露戦争後に軍備費が膨大になっていったことへの批判に繋がる。そして軍備費の半分でも文化に使っていれば耐震にすぐれた建物も建ち、被害は小さかったと政策批判をしているのである。

労働運動への弾圧取り締まりなどが始まり、こういう批判もできなくなるのはもう少し後で、第一次世界大戦による経済好況も背景にある、大正期の自由な雰囲気を感じる。乱歩の犯罪に至る心理を追求することを内面を書こうとしたと言い換えてみれば、いわゆる純文学、一般的な小説と通じることになる。

こうしてミステリーは文学と接近し、文学の文体を取り入れ、文学的なその装いをもつようになった。逆にいえば、谷崎潤一郎のように、文学が探偵小説的ないわゆる普通とは異なる心理を書くことにもなっていった。

しかし昭和の初期あたりからは、戦争に向かう時代で、山中峯太郎の少年向けの冒険小説(『亜細亜の曙』昭和七年〈一九三二〉)など書かれたが、ミステリーは遊びとみなされ、統制を受け、書かれなくなった。

2　敗戦後の社会を書く

戦争期の鬱屈から解放されてミステリーが息を吹き返す。横溝正史は敗戦直後の昭和二一年（一九四六）、自分の疎開体験に基づき、閉塞的な山奥の村を舞台に本格的な推理で謎が解かれていく『本陣殺人事件』（第一回探偵作家クラブ賞〈後の日本推理作家協会賞〉）を発表、そしてその翌年から、復員した探偵金田一耕助が事件を解く『獄門島』（昭和二二〜二三年）を書く。以降、『八つ墓村』、『犬神家の一族』と敗戦後の地方の社会を背景とした事件を金田一耕助が解決していくミステリーを発表した。

敗戦後の暗さと歴史が澱んだ地方の村の暗さが混じり合う社会を書くことで独特のリアリティをもったミステリーは、むしろ敗戦後の社会が落ち着いた一九六〇、七〇年代に多くの読者を獲得した。

この地方の村の歴史の澱んだ暗さは、横溝の作品でもしばしば「封建的」という言い方で呼ばれているが、普通「封建的」とは、前から続く社会を負の側からいうのによく聞く言葉だった。占領軍アメリカの持ち込んだ新しい価値の「民主的」に対する、従来の否定すべき習慣や態度をいう。「封建的」は、現代では歴史学の用語以外に使われず、死語になっているといってもいい語である。ミステリーが社会と密接に繋がっている例にもなる。

高木彬光『能面殺人事件』（昭和二四年〈一九四九〉、探偵作家クラブ賞）は、殺人をもたらす心の状態として、人を殺すのが正しかったり周囲で仲間が殺されたりするのを見るのが当たり前であった状況に置かれたことに、殺人に戦争の影を見ている。単純ではあるが、こういうことを書いている推理小説は読んだこともない。戦争に行かなくても空襲や原爆投下によって、誰もが殺人を身近に受け止めるようになったのである。そういうなかでミステリーは新たな展開を迎える。

松本清張『ゼロの焦点』（昭和三三年〈一九五八〉）は敗戦後、立川で米兵相手の売春をしていた女が、地方都市の名士の妻となり、自分の過去を知っている者を殺してしまうさまを語ることで、敗戦による生活苦のなかで誰もが殺人を犯すことはありうることを書いた。殺人は犯さざるをえない状況によるものであるとして、殺人事件に至る心の動き、その背景としての敗戦後の社会を書くことにもなり、小説としての内実をもった。

この松本清張の方向は社会派と呼ばれ、横溝正史『本陣殺人事件』のように、密室殺人のトリックの独自性を書くものは本格派と呼ばれて、社会派と本格派は対立的に評されるようになる。

それは本格派からは、社会派は社会の矛盾を訴えるほうに重点が置かれ、探偵小説の謎解きのおもしろさが疎かになりがちであることへの批判があった。一方社会派からは、本格派はトリックのおもしろさに向かうため、そのトリックの非現実性、荒唐無稽性と、犯罪の起こる過程が疎かになりがちであることへの批判があったといっていいだろう。

私は小説と呼ばれる限り、場面や人物の描写、叙述がしっかりしていなければならないと考えている。いわゆるエロ小説でも文体が確かで場面が活き活きしていれば、全体をみれば書かれている内容が通俗的、つまり読者にへつらったり、展開や描写に妥協があっても、一応の評価は与えられると思う。

要するに、言葉を連ねていくことで場面が明瞭に浮かぶようになる働き、おもしろい会話が浮かぶ働きなど、言葉の性格を普段の生活ではなく、言葉の世界で発揮させるのが小説なのである。だから、本格派ではトリックのおもしろさだけではなく、無理な展開や論理によるのではない文学作品としての質はもつべきだと考えている。これは修練すればできることだから、そういう努力もしなければ作家とはいえない。社会派についても、事件の謎解きはミステリーとしてあるべきで、物語の結末に、誰かがこの人はこういうふうだったからこういう罪を犯すようになった、というだけではなさけない。探偵でも刑事でもいいから、人物をそして事件を解決していく過程をていねいに書いて欲しいと思っている。

一九五〇年代には松本清張以外にも、鮎川哲也、土屋隆夫などの、物語をきちんと書き、トリックもレベルの高い推理小説が次々と登場した。

敗戦後の社会の匂いをもつ社会派の最後は、森村誠一だろう。『人間の証明』(昭和五一年〈一九七六〉、角川小説賞)は、松本清張が書く敗戦後よりも後の新しい社会を背景としている。駐留軍である米軍兵士と暮らし、子をもうけた八杉恭子は、別れた後、結婚し、夫は有望な政治家、本人は新しい家族像を語る家庭問題評論家として活躍する。だが、大学生の息子はフーテン、ヒッピーを気取って、すさんだ生活をしている。

舞台は敗戦から三〇年近くが経つ一九七〇年代である。事件を解決していく棟居刑事は、子供の頃に駐留軍の兵士に集団で犯されそうになっていた女を助けようとした父が、米兵たちに殴り殺されるのを目の前で見た強烈な体験をもつ。戦争は知らないが、敗戦後は知っているという世代である。そして黒人兵と八杉恭子の間の子ジョニーはアメリカで父と二人、貧困と黒人差別で悲惨な生活を過ごしており、幼児時代の母もいた生活を心の支えとして生きてきたが、父が亡くなることで、母に会いに来日するのである。

この『人間の証明』は映画にもなり、テレビでも放映され大ヒットした。敗戦後社会は、一九七〇年代の繁栄を暮らす人々の心に後ろめたさとして確かに記憶されていたのである。しかし棟居の子供時代の記憶として語られるように、そのすぐ後の世代には共有される度合いが低くなったといっていいかもしれない。

3　高度経済成長と社会の見直し

社会が復興してくるに従い、新たな社会問題が表面化する。社会派の登場に自信を得て、水上勉『海の牙』（昭和三五年〈一九六〇〉、日本探偵作家クラブ賞）が熊本の工場排水による病を公害として告発したミステリーを書いた。政府が水俣病と工場排水の因果関係を認めたのは一九六七年のことだから、このミステリーは世により広く水俣病を公害として知らしめたことになるだろう。

同年に出て、やはり日本探偵作家クラブ賞を受賞した笹沢左保『人喰い』は、サラリーマン勤めの過酷さ、組合運動と第二組合との対立などをテーマにして、当時、急速に表面に出てきた組合運動、サラリーマンの働き方を社会問題として書いた。公害では少し後になるが、新幹線の騒音公害を告発する清水一行『動脈列島』（昭和四九年〈一九七四〉、日本推理作家協会賞）という秀作もある。

一九六〇年代後半あたりから七〇年代は、敗戦後の社会の見直しが深く進行した時期である。いわゆる全国学園闘争が起こったのも、そういう時期であることを示している。主婦が突然いなくなる夏樹静子『蒸発』（昭和四七年〈一九七二〉、日本推理作家協会賞）は、理由もわからず妻が蒸発して家庭が崩壊していくさまを書く。女は母性をもつというような、古くからある観念への疑いが表面化したのである。後のジェンダー論に繋がる。いまだに母の愛の絶対化はみられるが、これらが歴史的なもの、つまりある社会に共同的な観念として創られたものでしかないという考えである。今でいえば、真夏に幼い子を駐車場の車に置いてパチンコに行き、熱中症で殺してしまった母への非難として使われる。

いつの時代、社会でも子を放棄する母親はいる。ただ家族、家庭があり、子はその構成員としてたいせつにされるのが普通の社会であるから、社会における家族や家庭が変化し危機的にあるとき、母性とか父性などが問題になるのである。

その意味では、一九六〇年代後半頃から家族というものが変化していったと考えていい。世代間の断絶は、家庭内では親子の断絶であり、家族の崩壊を意味する。その世代間の断絶を書いた栗本薫『ぼくらの時代』〈昭和五三年〈一九七八〉、江戸川乱歩賞〉もある。衝撃的な家庭内暴力で、ある事件を書いた佐瀬稔『金属バット殺人事件』〈昭和五九年〈一九八四〉、日本推理作家協会賞〉もある。

家族はいつの時代、どういう社会でも人間生活の基本にあるものだから、時代が変わろうとミステリーの舞台になりうる。この時代には、家族の絆、血の繋がりなどをテーマにした秀作もある。小杉健治『絆』〈昭和六二年〈一九八七〉、日本推理作家協会賞〉は知的障害者の子を中心に両親、姉が堅く結びついている家族を書いていて、過剰に親密さを語ろうとする現代の家族の嘘っぽさを感じさせる真実味がある。

一九六〇年代の高度経済成長は、旅行ブームなど生活を楽しむ文化を発達させた。西村京太郎のトラベル・ミステリーは、テレビの普及により地方の風景や観光地を画面に映すことと相まって急速に流行した。十津川警部を主人公とするシリーズ三作目の『終着駅殺人事件』（昭和五五年〈一九八〇〉、日本推理作家協会賞）がある。テレビでは渡瀬恒彦主演の十津川警部シリーズが平成四年（一九九二）から平成二七年（二〇一五）まで五四回も放映されている。

4　昭和の終焉と抱えられた絶望

昭和の末期はいわゆるバブル経済の絶頂期である。この崩壊後は平成期のミステリーに書かれることになる。昭和期には、土地転がしによる大幅な地価の値上げはおかしいと思われながら見直しにはならなかった。それと関わるように、世間から外れていく者、社会自体を受け容れられない者を語るミステリーが出てくる。

この系統は敗戦後、五族協和などを目指す世界を掲げて戦いながら敗れ、責任も負わない国家、権力、社会に反抗する態度として、アメリカから入ったハードボイルドの影響を受けた大藪春彦『野獣死すべし』〈昭和三三年〈一九五八〉〉、河野典生『殺意という名の家畜』〈昭和三八年〈一九六三〉、日本推理作家協会賞〉、生島治郎『追いつめる』〈昭和四二年〈一九六七〉、直木賞〉などがあった。だがこの系統は、戦後社会の見直しと関わり、労働運動、学生運動がより政治運動化して、一九七〇年の日米安保条約改定反対の闘争の敗北に集約されるように衰退した。そして、「反体制」という言葉に象徴される不満、反抗などに向かう場所を失って、日本や民主主義などの外に出る方向へ向かわざるをえなくなり、昭和五〇年代の後半以降に冒険小説と重なるなどしてあらわれる。

北方謙三『渇きの街』〈昭和五九年〈一九八四〉、日本推理作家協会賞〉、船戸与一『山猫の夏』〈昭和五九年、日本冒険小説協会大賞〉、志水辰夫『背いて故郷』〈昭和六〇年、日本推理作家協会賞〉など、この世から外れ、醒めた目でこの世を見、違った価値観で生きている者が主人公の物語である。

一九七〇年代から八〇年代は世界的にも社会が豊かになり、第二次世界大戦を知らないだけでなく戦後を知らない世代が増えてきて、東西冷戦構造、つまり社会主義国と資本主義国の対立という戦後秩序が壊されるようになりつつあった。

そういうなかで、船戸与一は資本主義国の日本から飛び出したからといって社会主義に賛同したわけではなく、平成期に入るが、『砂のクロニクル』（平成三年〈一九九一〉、日本冒険小説協会大賞、山本周五郎賞）は、イランがイスラム革命をなし遂げた以後、革命防衛隊が革命を守るためと隠蔽、虚偽を重ね、反対派、少数民族を弾圧している状態を書いた。

あらゆる権力は、それを維持するために虚偽と隠蔽をもち、弾圧する側に回ることになること、それゆえ資本主義国が社会主義国になっても権力は続くだけで、権力と戦い続けることを語る。つまり資本主義も社会主義も、さらにどんな社会も権力がある限り権力を守るために隠蔽と虚偽、弾圧が起こるものだという絶望が抱えられることとなった。そのため主人公は徹底して個人であり続けるほかない。もちろん今の民主主義社会も同じである。

そして戦後の繁栄の反動であるかのように、バブル景気とその崩壊が訪れる。

第一章　バブルの崩壊

——繁栄を謳歌した昭和の反動とは

平成元年（一九八九）からの数年を確認してみよう。

平成元年　四月　消費税導入。超小型携帯電話が販売される。児童虐待が多発。一一月　ベルリンの壁崩壊。一二月　米ソ首脳、冷戦終結を宣言。

二年　エコロジーブーム。ミネラルウォーターの需要増大。痴呆性老人百万人に達する。レジャー志向の高まり。マウンテンバイクがブーム。

三年　ソ連が一党独裁を放棄。東西ドイツ統一。

五年　東京都庁、新宿に新庁舎。バブル崩壊。銀行の再編・統合が行われる。ロシア大統領選でエリツィンが圧勝。カンボジア和平協定調印。湾岸戦争。

六年　大型不況が深刻化。ホームレスが激増。『完全自殺マニュアル』がベストセラーに。

七年　羽田連立内閣、社会党村山連立内閣。高齢者の医療費が全体の三〇%を超える。いじめや非行などが原因の登校拒否が七万七千人を超え、過去最高に。阪神淡路大震災。地下鉄サリン事件。携帯電話の台数が累計一千万台を突破。

（下川耿史編『昭和・平成家庭史年表――1926～2000』河出書房新社を参考にした）

世界では、ソ連邦が解体したことで周辺の社会主義国が次々に崩壊し、東西ドイツは統一される。第二次世界大戦後の世界を成り立たせてきた東西の対立、冷戦秩序が崩壊する。日本では、いわゆるバブルの崩壊があり、銀行が再編・統合を行わざるをえなくなる。そして大型不況になる。長く続いた自民党政権が、社会党に加え自民党から離脱した者たちと政権を交替する。保守と革新との対立があらわれつつあったのである。そして少子高齢化が進むにともない、認知症などの老人問題が表面化し、また二〇〇〇年代後半にはネットの普及などもあり、学校におけるいじめが深刻化する。

不況とも関係しているのだろうが、家族のあり方が大きく変わっていく。携帯電話は家族の一人一人がもつことになり、個人が家族のなかにありながら、外とも自由に交流でき、家族はまとまりを弱くする。家庭内暴力は昭和五五年（一九八〇）の、両親を金属バットで殴り殺した事件に象徴されるように、昭和の後半に深刻な問題になった。しかしすでに栗本薫『ぼくらの時代』（昭和五三年〈一九七八〉）が書いているように、昭和五〇年代に世代の断絶がいわれ、親と子が理解し合えないという状況が社会問題化していた。

こう並べてみると、第二次世界大戦後の世界秩序の崩壊と、日本の敗戦後の復興と繁栄から不況へとが、まさに連なっていることがわかる。加えて社会主義国の崩壊は、日本における労働運動、学生運動、左翼運動の衰退と対応しているのである。

昭和の末期に、バブルと呼ばれる繁栄はまさに末期的な症状を示すところまで行き着き、平成になって崩壊した。そして繁栄をあざ笑うかのように大震災が起こった。敗戦からの復興によって作られた昭和の秩序が崩壊していくところから、平成が始まったようにみえる。しかもほぼ同時にオウム真理教による地下鉄サリン事件も起こった。

二〇〇一年九月一一日、ニューヨークの世界貿易センタービルへイスラムのテロ集団によってハイジャックされた旅客機が突っ込み、同様にペンタゴンへも旅客機が突入したこととと合わせ、同時多発テロと呼ばれる事件が起きた。中沢新一はこのテロを、イスラムが世界においてキリスト教との関係で不均衡な状態に置かれていることがもたらしたものと説明している（『緑の資本論』平成一四年〈二〇〇二〉）。東西冷戦の均衡が壊れた後の不均衡が、平成期に世界の不安定な状況を示した。

1 バブルはどのように書かれたか――姉小路祐『動く不動産』

姉小路祐（一九五二〜）『動く不動産』（平成三年〈一九九一〉、横溝正史ミステリ大賞）は、後にバブルと呼ばれる「株価が上がり地価が急騰を続ける時期」を背景にし、「殺人事件を縦糸に、不動産制度を横糸に」（「文庫本あとがき」）した推理小説である。平成二年春のことである。この時期にいわゆる「地上げ屋」という言葉が登場した。

司法書士石丸伸太は父周平を受け継いで、大阪難波の新世界で「代書屋」をやっている。父は先妻の連れ子である伸太を連れて再婚し、伸太を養子にする。新しい妻は周平との間の子由佳をもうけたが、離婚し、由佳（園山由佳）を連れて実家のある東京へ行った。その母も交通事故で亡くなった。伸太の父の危篤で、由佳が一三年ぶりに大阪の新世界にある実家を訪れるところから、物語は始まる。

伸太は岡崎美紀に、北大阪の能勢の土地を買ったので調べて欲しいと依頼される。伸太は法務局出張所で、美紀の買おうとしている土地が別の者によって仮登記されているのをみつける。仮登記でも登記してしまうと、それが売買契約に優先する。美紀にその土地を売った小端重夫は酒間和史にも売り、仮登記していたのである。伸太が抗議し告発するというと、小端は謝るが、そうこうしているうちに小端は殺される。

伸太は、小端が土地ころがしをして地上げに関係していた土地を調べていく過程で、両親のいない子をあずかるイザヤ園を含む一角に辿り着く。その一角に数件の住宅があり、そこを小端が強引に手に入れようとしており、そこの住民の一人が殺されていた、というように物語は進む。

土地の登記台帳、登記簿謄本など、あまりなじみのない書類の記載から辿っていって、犯罪を暴くという展開で、普段はなじみのない土地についての公的な書類をわかりやすく説明してくれている。推理小説の新しい分野であり、また仲太の人柄もおもしろく書かれていて、読ませる。こういう公的な書類については、銀行の不良債権処理を題材とする池井戸潤『果つる底なき』(平成一〇年〈一九九八〉、江戸川乱歩賞)もある。

ちなみに物語の現在における関西の地上げの実態を抜き出しておくと、

関西ではここ二、三年の間に、えげつないほどの勢いで地価が上がっているんや。この三月に国土庁から発表された平成元年分の地価公示価格を見ると、近畿《きんき》の地価高騰は凄《すさ》まじい勢いやで。宅地分の地価上昇率前年比では、大阪府が五十八・六パーセント、京都府が六十一・八パーセント、そして奈良県が五十・二パーセントや。それで全国の都道府県別の宅地地価上昇率のベストスリーを独占しとる。(中略)ちなみに首都圏の上昇率平均は六・六パーセントとなっとる。首都圏で上がるとこまで上がって、その頭を天井に打った勢いが、関西の方へ押し出されてきたという感じや。東京ではもちろんやが、大阪市内でも並の年収のサラリーマンが一生働いた金で、庭付き一戸建てが買えへんようになってきとる。(中略)そのために、住宅地は衛星都市、さらにその周辺へと、どんどん郊外化していきよる。

という。大阪については、花の万博、それに合わせた地下鉄の開通、また関西国際空港などの用地買収と関係する。そしてその開発につれて町が変わり、人情も変わっていく。「東京が持つトレンディでリリカルな雰囲気」が好きだった由佳は、伸太の住む「通天閣界隈は、汚くてがさつで、臭い。けれどもそれでいて、庶民的な暖かさと触れ合いが残っている」と、九歳まで暮らしたこの地をしだいに見直していくようになる。

もちろんこの町の風景の変化はバブル期に特有なものではなく、土地開発が行われれば必ず起こるものではある。

東京でいえば、昭和三九年（一九六四）の東京オリンピックで急速に街が変わっていくのを私も体験している。『動く不動産』では、東京オリンピックは由佳が生まれる四年前のことで、高度経済成長が始まった頃、「まだ日本列島改造論も派手な地上げもなく、地価は現在ほど高騰していなかった」頃であったと書かれている。由佳は街が激しく変貌していくなかに育ったことになる。ついでにいっておけば、奥田英朗『オリンピックの身代金』（平成二〇年〈二〇〇八〉、吉川英治文学賞）は、その東京を変貌させる開発から取り残される地方から出稼ぎに来る労働者の側に身を置き、国家から身代金を取ろうとする痛快な物語である。

現代風の東京志向の由佳が、仲太と行動をともにしていくなかで、大阪の人情ある下町にひかれていくさまが、仲太の人柄と生活とともに書かれ、あたかもバブルで失われたのは人情であるかのようである。

『動く不動産』は、仲太は父の跡を継いだ「庶民派代書屋」で、その仲太と義妹の由佳を主人公とし、しかも洗練された都会風に憧れをもっていた由佳がしだいに仲太に共感をもち、大阪の新世界に親しみを抱いていくという物語でもある。その進行は、書き手の姉小路祐が地上げ屋の暗躍と、その不動産に関する書類の悪用に対して、憤りを抱いていたことを示している。その意味で、姉小路は社会派といわれており自身もそれを受け容れている。

【昭和からのコメント】①：広告紙の裏のメモ帳

本書の細部で、なんともなつかしい場面があるのを引いておきたい。仲太のメモ用紙である。仲太は由佳に仮登記を説明するために、メモ帳を出すのだが、そのメモ帳は、「新聞に折込み広告として入っているチラシの中から裏が白紙のものを集め、それを切って、紐《ひも》で綴《と》じた独特のメモ帳だ」という。私の母は綴じないまでも、裏面は白く印刷のない広告チラシをメモに使い、女房もいまだにそうしており、わが家では、ちょうどメモ帳くらいの大きさに切って束にして、机の上や電話機の側などに置いてある。私自身は大量に出る裏面が白紙のコピー紙を捨てきれずにとってあって、メモや資料の整理などに使っている。

戦後社会を生きてきた世代には、紙も貴重品であった。きれいな包み紙も私は本のカバーにしたり、母も女房もダンボール箱の表面に貼ってきれいにし、物入れに使っている。

昭和のことだが、女子大学に勤めていた少し年上の私の友人が、学生に見せようと裏が白紙の広告チラシを講義のノートとして用いていたが、誰も反応してくれないと嘆いていたことがあった。さすがに私は恥ずかしくてそういうことはできず、「時代、社会が違う。今は消費社会でむしろ捨てることが価値なのだ」と言いながら、つい笑ってしまった。

平成二年では「独特のメモ帳」であったが、われわれ世代では普通だった。なつかしい昭和の風景といえそうだ。

バブル経済は、「もったいない」という価値観を最終的に捨てさせたのである。むしろ捨てることこそが社会を豊かにするという考え方である。平成期は完全に消費社会へ移行した。私が意識させられたのは、パソコンのソフトである。数か月かけて集めた資料がいっぺんになくなった。自分に自信がないから操作ミスだろうとやり直したが、しばらくしてこのソフトはそういうことが起こりうるので、改良したものをダウンロードするようにという連絡が入った。どこかから欠陥を指摘されたらしい。謝罪さえない。

つまり、この分野では完成品はなく、購買者もそれを承知で購入するものなのであった。欠陥がみつかれば生産者の責任という考え方がないのである。要するに改良された製品が次々と出され、前の製品は廃棄され、消費者も次々に買い換えるものなのであった。

しかし使えるものを捨てるのは基本的におかしいと思う。作ることの尊厳の否定に通じているだろう。ものを作るのを広く労働といってみれば、バブルの崩壊とは現代の、労働の価値が認められなくなり、労働はなるべく避けるものという方向を決定的にした。

2 バブルの崩壊後、大震災後を生きる——東野圭吾『幻夜』

東野圭吾（一九五八〜）『幻夜』（平成一六年〈二〇〇四〉）は、阪神淡路大震災の夜、金属加工会社の水原製作所が多額の借金を残して倒産し、そのため自殺した、この町工場を経営してきた水原幸夫の葬儀の場面から始まる。

幸夫の息子水原雅也に、幸夫の弟である叔父の米倉俊郎が借金を返すように迫る。その夜、大震災が起こり、家屋は倒壊し、瀕死の状態になった俊郎を災害で亡くなったようにして雅也が殺す。それを新海美冬に見られる。雅也は美冬に弱みを握られたまま、美冬と東京へ出る。美冬は次々に人を陥れ、二人のためといって這い上がっていく。そのため雅也に人を殺させることもある。

刑事の加藤は殺人事件の犯人として美冬を疑い、調べ始める。雅也も美冬を調べ出し、近所に暮らしていた「かつてのエリートビジネスマンといった雰囲気」の六〇歳くらいの新海という姓の男が震災で亡くなり、美冬はその娘になりすましていることがわかる。新海美冬は誰かがなりすましているだけの存在であり、すべてが幻だと思う。結局、自分も幻の夜をおくってきたのだと思う。美冬は装飾品販売など、美容関係の仕事でのし上がってきたが、美容も虚飾で幻であり、美冬も幻を追っている。雅也は美冬に魂を殺されており、利用されているだけと思い、美冬を殺そうとするが、刑事の加藤に止められ、加藤を殺すことになる。

というように展開していくが、この大震災の混乱のなかで亡くなった、いい家庭に育った教養のある新海の娘になりすました美冬、バブル崩壊で借金を負うことになった父の債権者である叔父を被災して死亡したようにみせかけて殺し、姿を消した雅也と、二人ともに大震災のどさくさに紛れて過去を捨てて新たな人生を始めていく。したがって、阪神淡路大震災の物語といっていい。その物語は、昭和期の偽りによって新たに成功していく虚妄の繁栄ということだろう。

こういう言い方もできる。雅也の父幸夫はバブルで銀行から金を借りて設備投資をしたが不景気となり、町工場は倒産する。それがバブル崩壊だから、バブル崩壊と阪神淡路大震災は一連のものとして語られている。平成の初期のバブルそして崩壊から大震災と、昭和から平成になったことを一連のものといえば、昭和の繁栄がバブルに象徴され、その崩壊はまるで罰のような大震災が象徴するという見方もできそうだ。

『幻夜』は、昭和末期のバブルそして大震災以降の世界をすべて幻として語っている。会社が倒産し、幸夫が首吊り自殺を遂げるまでが次のように語られている。

約五年前。バブル景気の真っ直中。

幸夫は水原製作所をワンランク上の工場にしようと躍起になっていた。元々は中古の旋盤一台で始めた会社だ。それを高度成長期の波にうまく乗ることで、いっぱしの金属加工会社に仕立て上げた。幸夫の夢は、そこからさらに飛躍し、大企業の仕事を直接請け負える会社にすることだった。

そのため銀行から金を借り、設備投資をして、放電加工機という最新鋭の機械を買って型彫りの仕事がいつ来ても安心だと息巻いていたが、その時点でかなり無理をしていた。

あの時期、本当に体力を持っていた会社など殆《ほとん》どない。どこも皆、見せかけの数字に騙されていたに過ぎないのだ。そのことに気づかず、銀行に乗せられて設備投資や事業拡大に走った者の何と多かったことか。

だから雅也としても父だけを責める気にはなれない。あの頃は皆が浮かれていた。この宴が永遠に続くように錯覚していた。

それにしてもこの二、三年の自分たちの転落ぶりを振り返ると、雅也は目眩《めまい》がしそうになる。最初は、仕事がないのは今日明日だけの話だと思った。次には、自分たちの周りにだけ仕事がないのだと思った。その後は何かの間違いだと思った。間違いでも何でもなく、日本の産業全体が傾き始めているのだと知った時には、従業員の給料を払えなくなっていた。（中略）

先日の債権者との話し合いで、水原製作所の運命は決まった。水原親子の手元には何も残らない。今後決めねばならないのは、いつここを出ていくかということだけだった。

そして父は工場の鉄骨の梁にロープをかけ首を吊るが、雅也はそれを予期していた。「落ちぶれた父の背中を見つめていた彼の胸をかすめたのは、いっそのこと死んでくれないか、という思いだった」のであり、生命保険のことを知っていたから「首を吊っている父を見た時の正直な気持ちは、これで助かった、というものだった」という。そして葬儀の後の夜明けに寝ようと思って部屋に向かいかけたとき、大地震に襲われたのである。

バブル景気と崩壊後の状態とが簡潔にしかも心情的にもよく書けているが、大震災に重ねられることで、バブル崩壊後の世界をどのようにして生きていけばよいのかが語られる。もちろん以降の人生がいいものであるはずがない。実際、文庫本でも七百ページを超える長大な小説だが、読んでいくのも辛い感じである。

この『幻夜』より少し前に、東野は、騙し、裏切りのし上がっていく悪女を昭和の高度経済成長期からバブル経済へと向かう時代の物語として『白夜行』(平成一一年〈一九九九〉)を書いている。同じモチーフでありながら『幻夜』を大震災から書いているのは、阪神淡路大震災がいかに衝撃的なものであったかを思わせる。

しかし、『幻夜』はバブルと大震災を重ねることで、バブル以降の物語という性格がはっきりと出ている。『白夜行』が戦後昭和の繁栄期の物語であるのと対になっているようだ。雅也は美冬に振り回され、人を殺し、ひっそりと生きているだけだ。「幻」の生だ。同じ悪女ものである『白夜行』は西本雪穂が主人公だが、『幻夜』では悪女美冬が主人公であるにせよ、バブル崩壊による町工場の倒産と父の自殺を抱える雅也の物語でもある。『幻夜』という書名も雅也の感じる幻想である。やはりバブルが重いのである。

バブルのありえない繁栄は狂乱によってしか抱けない、冷静であったら最初からありえない栄光だった。まさに幻を見たのだ。とすれば、『幻夜』とは平成からみた昭和の繁栄をいっているととれなくもない。

3　バブル崩壊期の人々——奥田英朗『最悪』

東野圭吾とほぼ同世代の奥田英朗（一九五九〜）『最悪』（平成一一年〈一九九九〉）もまさにバブル崩壊期の東京の町を書いているが、『幻夜』とはまったく異なる捉え方をしている。

奥田はこの作品に近い『邪魔』（平成一三年〈二〇〇一〉）で大藪春彦賞、『空中ブランコ』

（平成一六年〈二〇〇四〉）で直木賞、『家日和』（平成一九年〈二〇〇七〉）で柴田錬三郎賞、『オリンピックの身代金』（平成二〇年〈二〇〇八〉）で吉川英治文学賞を受賞している通り、社会や個人、家族をいささか異なる見方で書いているが、どれも文章もしっかりしており、読ませる。

『最悪』の主人公は三人いる。このうちバブル崩壊の影響をもろに受けたのは川谷鉄工所を経営している川谷信次郎である。

信次郎は文具屋の次男で、自動車整備工場で働いていたが、二八歳のとき、叔父から譲り受けた荒川区の町工場で一年間働いて仕事を覚え、独立して東京の西に、住居が併設されている物件を探して看板をあげた。近所には同業者も多く、心強かった。長男信明が二歳、長女美加が妻春江のお腹にいた。それから一八年過ぎたのが現在で、その頃バブルが崩壊した。

川谷鉄工所を始めた頃、業界全体の景気は決してよくはなかった。数年前に一ドルが二百円を割ったとき（一九七八年）から、あちこちのメーカーは輸出をストップし、その煽りで倒産する下請けは後を絶たなかった。

ただそれは多くの従業員を抱え、多額の設備投資をした企業であって、もともと吹けば飛ぶような信次郎の工場は、どんな小さな仕事も受けるため、逆に重宝がられた。そしてバブルがやって来た。「わずか五年の泡景気」だった。バブルの崩壊をやり過ごし、「二年ほど苦しい経営が続き、円高が峠を越えたところで、川谷鉄工所は少しだけ上向きになった。営業努力のかいあって自販機メーカーの系列に加われたのだ。飲料水やたばこに景気はあまり関係なかった。精神的にもらくになった」。銀行との取引も始まり、得意先の北沢製作所との関係で、銀行に口座を開く。一八年で合計八百万円ほど貯まった。しかし不渡りを出すと銀行は貸してくれず、返済を迫られ、窮地に陥る。

このバブル崩壊を語りながら、外国人労働者や派遣社員の問題も提起している。さらに多くの町工場がつぶれた後の土地を借金のかたに取られ、不動産屋に買い取られて住宅が建ち始めると、騒音などの問題で元からある町工場の社長と新しく居住し始めた住人との間でトラブルが起き、町工場がますます追い込まれていくさまも語られている。

また息子の信明は、国立の外国語大学に通っていて鉄工所を継ぐつもりはない。親の信次郎も息子に継がせるつもりはないから、家の安定と繁栄を願って町工場をやっているというのとはいささか異なり、家というような観念は崩壊している状況である。これも昭和の崩壊といえるだろう。

二人目の主人公は、かもめ銀行北川崎支店に勤める藤崎みどり、二二歳である。親がバス停もない郊外に建てられた建て売りを買って暮らしている。柴田という老人はこの周辺の大地主で、毎日銀行に来て小口の払い込みをし、少しボケていて、「ひどいときには九時から三時までロビーにいて、誰彼となくはなしかけ」、「うっかり相手になると、戦争の話を一方的に聞かされるらしい」。その銀行の組合は「御用組合の域を超えていた。それは男たちの出世コースであり、救済センターだった。どういうわけか組合役員を経験すれば黙っていても部長クラスになれた」。

みどりが四歳のときに母が亡くなり、父は再婚して、みどりが六歳のときに新しい母が妹のめぐみを産んだ。めぐみは現在一七歳で、グレており、野村和也と付き合っている。

主人公の三人目、野村和也は現在二〇歳。父は精神科の専門病院に入院。母は和也が家を出ると同時に別の男と生活を始めた。和也は一七歳のとき、愛知県の東の外れで土木工事の住み込みで働いていた。現在は定職に就いておらず、カツアゲもしている。パチンコ店でタカオと知り合う。和也とタカオは「どこにでもいそうな二人の若者」である。ヤクザに金を要求され、銀行強盗を企む。

この三人が出会うのは、野村和也とタカオがかもめ銀行を襲ったからである。みどりはその行員だが、信次郎はたまたま銀行に来ていた。彼らはまき込まれ、和也、タカオ、信次郎、みどり、めぐみの五人は御殿場のかもめ銀行の管理人もいない保養施設に逃げ込むことになった。ヤクザが金を取りに来る。ヤクザが信次郎に邪魔されて「最悪」と言う。

　このように『最悪』はバブル崩壊を書くというより、鉄工所の経営に苦闘していた川谷信次郎を中心にして、その取引のある銀行に勤める藤崎みどり、その銀行に強盗に入った野村和也ら三人のそれぞれに焦点を当てて、状況を語り、さらに和也らの銀行強盗にまき込まれ、一緒に行動せざるをえなくなったタカオ、和也と付き合っているみどりとの五人を語っている。

　文芸評論家の池上冬樹が『最悪』を「群像劇」（講談社文庫版「解説」、二〇〇二年）といっているのも、それぞれがほぼ同等に叙述されているからである。この小説が三人の主人公と彼らと関係する二人を設定しているのは、この社会にはさまざまな人々が並び生きていることを書こうとしている、と示しているわけだ。

　しかし、中小企業が銀行の融資を受け、工場を拡充したり、新しい機械を導入したりして、失敗することはいつでもありうる。地方から家出するように出てきた青少年が中小企業に勤めても長続きせず、パチンコ屋に入り浸って、金に困るとカツアゲすることだってしばしばあることだろう。一〇代の妹がグレていることも、カツアゲまでする定職のない若い男と付き合っているのも、いつだってありうる。

　つまり、そういういつでもどこでもありうる状態を語っている、ということがいえそうだ。『最悪』が書こうとしたのは、バブルとその崩壊はいつでも起こりうる社会のありさまということになる。いつでもどこでもはいいすぎで、とにかくこういうことが起こりうる社会への批判があることには違いない。資本主義への批判かもしれない。

【昭和からのコメント】②：労働組合の衰退とアカそして労働と学習

物語は場面を書かねば展開できないから、中心にバブルの崩壊を据えて書いて、物語の筋には関係なく、ある場面に著者の主張があらわれる場合が多々ある。みどりの勤めていた銀行の組合は、「御用組合の域を超えていた。それは男たちの出世コースであり、救済センターだった。どういうわけか組合役員を経験すれば黙っていても部長クラスになれた」ということも書かれていた。戦後の労働運動が衰退していく時代のことである。「御用組合」とは、戦後労働運動が盛んになるにつれて、企業が自分たちに有利になるような活動をすることを画策して作られた組合をいう。もちろん労働者自身の利益になるように結成されるのが労働組合だから、企業の利益になるように動く組合はおかしい。組合が企業と取引し、組合の役員を務めると企業の幹部になれるということがあったらしい。

最も労働争議の歴史に名を残した御用組合は、三池炭鉱の争議の最中に会社の画策で作られた第二組合で、三池争議は労働者同士の争いをもたらし、主要なエネルギーが石炭から石油に替わっていく状況もあり、争議は急速に終息していった。

山崎豊子（一九二四〜二〇一三）が取材して小説にした『沈まぬ太陽』（平成一一年〈一九九九〉）によれば、日本航空の組合では、会社側が第二組合を作り、第一組合の幹部がアフリカの地へ駐在員として左遷されていき、第一組合はなくなっていったという。一九六〇年代から七〇年代のことである。

とにかく労働運動の激化が第二組合（御用組合）を作らせた。みどりにとって何の意味もない、物語の展開にも意味のない「御用組合」のことを、しかも悪く書いているのは、著者がそういう組合の現状を苦々しく思っているからである。著者にはオリンピックを、そのための道路工事などに劣悪な環境で酷使される出稼ぎ労働者の側から書いている『オリンピックの身代金』（平成二〇年〈二〇〇八〉）もある。

奥田は『邪魔』（二〇〇一年、大藪春彦賞）で、スーパーの社長がアカの組合を潰したことを語っている。そのスーパーでアルバイトをする主婦及川恭子が共産党系の集まりに誘われ、契約社員にも有給休暇がとれること、退職金が出ることなどを教えられ、会社に要求する話がある。だが、その共産党系の小さな集まりが会社から数百万円の和解金をとって手を引いたことで、恭子は労働環境が変わることのなかったことに怒って集まりから出ることになる。

労働運動の現状を書いているだけかもしれないが、こちらでは組合、共産党に対して否定的な書きぶりである。とにかくアカという言い方で、労働運動やマルクス主義に関連する党派、思想を悪いとする現状が語られている。

この問題は、「労働」という語の価値が急速に衰えていることと関係している。労働者という言葉も消えてしまった。私の子供の頃は、子供が家の手伝いをするのは当たり前だった。男三人兄弟の次男だった私は、小学校の頃に買い物にもよく行かされたし、玄関掃除もさせられた。中学校の頃は風呂焚きもした。家族全員で庭の草取りなどもさせられた。大学の教員になって、卒論の相談で研究室に学生が出入りするようになって、お茶やコーヒーを淹れたり、茶碗を洗わせたりしていた。訊いてみると、初めてこんなことをするという女学生がほとんどなのを知った。これも教育だなどといって私はやらせていたが、すぐ定着し、男子学生もみな当たり前にするようになっていった。

子供の頃、こんなことはしたくないと思ったことは何度もあるが、そういうなかで働くことを知っていったのだと思う。時には、お駄賃をもらったりしていたことも関係しているだろう。父が外で働いて稼ぎ、母は家事労働で忙しくしており、それによって家庭が成り立っているのだから、手伝うのは当たり前だったのである。そして手伝うことで自分も家庭を支えていると思えていた。

今は、子供の仕事は勉強だなどといって子に手伝わせないだけでなく、虐待とみなされたりするようで、労働の価値をどのように学んでいくのか、家庭を支える責任をどのように学んでいくのだろうかと考えたりする。

現代の家族同士のベタベタな接触では、多様である人間同士の厳しい接触を学ぶことはできない気がする。そうなら、ただやさしいだけの、薄っぺらな自立性のない者しか生まれそうもない。子供っぽい動作としゃべり方の大人が増えていく。本来、成長していない者に抱くいつくしみ、いとしさをあらわす「かわいい」という言葉がやたらに拡大し、美をあらわす言葉の最高位になっている。

4　自然災害から立ち直るには——石黒耀『死都日本』

平成七年（一九九五）の阪神淡路大震災も平成二三年（二〇一一）の東日本大震災も自然災害の怖さを知らせたが、自然災害の一つである火山噴火の怖さを書いた石黒耀（一九五四〜）『死都日本』（平成一四年〈二〇〇二〉、メフィスト賞、日本地質学会表彰、宮沢賢治賞奨励賞）がある。石黒耀は内科医だが、日本地震学会の会員でもある。

二〇XX年六月、九州の霧島火山帯の破局的噴火があり、日本列島全体が火山灰で覆われ、大災害になって、日本は破滅の危機に瀕する。一月の選挙で選ばれた日本共和党の菅原首相がアメリカ追随の政権批判、日本社会への批判を展開し、新しい日本を創ろうとする話である。

日向大学工学部防災工学研究室准教授の火山学者黒木伸夫が宮崎日報記者の岩切年昭とともに自動車で霧島の大噴火、火砕流、大量の火山灰から逃げまわる。そして、かろうじて日南市の黒木の妻のいる日南はまゆう病院に辿り着き、輸送艦に収容されるまでが、文庫本で全六百ページ強のうち四百ページ以上を費やして語られている。その意味で冒険小説ともいえる。火山学者が火山の怖さを、説明付きで学術用語を使い説明しつつ、具体的な状況を語るのだから、なかなかリアルである。一つだけ、三〇万年前の噴火でできた加《か》久藤《くとう》カルデラの水蒸気爆発の場面を引いてみる。

大浪池から落下した大量の水は、水蒸気爆発を繰り返しながらも全体としては順調に北へ駆け下って行き、先端は韓国岳の西山麓地下四〇〇メートル程の場所にあった。ここから先は古い韓国岳の溶岩大地で、水が通ってできた亀裂はここが終点であった。すぐ近くまでマグマが上昇してきていたので古韓国岳の岩盤は赤熱しており、接触した水はたちまち二〇〇度以上になった。それでも沸騰しないのは、後ろから押し寄せる水と泥の圧力が五〇気圧以上あったからである。

後方では、相変わらず、そこいら中で水蒸気爆発と落盤閉鎖のドラマが無数に繰り広げられており、どんなロックコンサートより強烈なビートを打っていた。なにしろこのコンサートのドラムの一打は、普通のビルなら粉々に粉砕できる程の威力があったのである。

その時、幾つかの水蒸気爆発がほぼ同時に起き、大浪池火山の北壁そのものと言ってよい巨大岩塊が落盤してきて水脈を分断してしまった。

その先の水塊二〇万立方メートルは、密閉されて水蒸気の逃げ場を失った。それまでは水蒸気爆発することで気化熱を放出していたのだが、そのすべを失うと急激に水温が上昇し、閉塞後二分で二六〇度を越してしまった。熱膨張のため水圧も急上昇し、結果的にますます沸点が高くなって気化できない。四〇秒後、水温は三〇〇度に達した。

この描写は誰かの視点から書いているというのではない。霧島火山帯を俯瞰している、外からの目、いわば火山学者の視点なのだ。「西山麓地下四〇〇メートル」、「水はたちまち二〇〇度以上になった」、「後ろから押し寄せる水と泥の圧力が五〇気圧以上あった」など、繰り返される水蒸気爆発によって起こるあまりにも具体的な噴火のようすは、たぶん次はこうなる、次はどのくらいの温度の、などと判断できる火山学者でなければ書けないものである。

一行目の「大量の水は、水蒸気爆発を繰り返しながらも全体としては順調に北へ駆け下って行き」、と「順調」といえるのも、火山の噴火のようすを知っている目からは当然の動きだからである。つまり自然の摂理として書いており、こんな「順調」はたまらないという被災する人間の側の目ではない。

そういう学者の側から書くものでありながら、リアルで怖い。このような不思議な文体がこの本を読ませるものにしている。本書が訴えているのはまさに、この自然の摂理を理解しようとしない人間に対する警告なのである。

物語は、大噴火が起こる年の状況として、「世界経済はパックスアメリカーナの安定が終焉しつつあることを嗅ぎ取り、アメーバが偽足を縮めて環境変化に身構えるような沈滞に陥っていたが」、日本は「役人帝国主義化した政治・経済システムは変化に備えることを拒否し、破局的な財政赤字を計上してしまった」。そして「政治・行政の腐敗臭と国民の呻きが列島中に充満し、ついに昨年暮れ国会は解散し」、この正月に総選挙が行われ、野党だった日本共和党が勝ち、菅原和則が総理大臣になった。その選挙の開票の最中《さなか》、宮崎にM7・2の地震が起こった、というように始まる。つまり自然災害が起こるのだが、その災害への対策が行われていなかったことが被害を大きくする、という政治への警告が語られているのである。

新しい首相の菅原は、宮崎日報の記者岩切年昭が黒木伸夫に書かせた火山噴火への警告を深刻に受け止め、「政治家という種族が日本の国土を如何に知らずして政策を決めてきたか、つくづくと感じ」ており、いつ大噴火が起こってもおかしくない状況のなかで、九州の霧島の地震を受け止め、むしろ「衛星徹甲弾」を飛ばし、宇宙から霧島火山に命中させ、火山灰被害のいちばん少ない冬場に噴火を誘導させせようとするK作戦を立てていた。

そして六月一八日の霧島の大噴火となるのである。

大噴火によって九州一円がひどい被害を受け、人々は大量に死亡している。物語ではそういう状況を記しながら、東京では、菅原総理を中心にした日本復興のプログラムが語られる。火山灰は甚大な被害をもたらす。火山灰が厚く積もり、植物を枯らすだけでなく、太陽光を遮り、冷害になり、作物が育たなくなるから、いわば大飢饉になるのである。

菅原は、①土石流対策、②食料対策、③土地対策、④住宅対策、⑤エネルギー対策、⑥環境・ゴミ対策、⑦雇用対策、の七つの対策を公表する。

たとえば、①②は「世界中から寒冷な火山灰地帯に適した植物を選び、その種を共生微生物や地衣類の芽胞と一緒に粘土に封入して乾燥させ」、「緯度や標高、海岸からの距離などにより被災地を八種類に分類し、地域にあわせて種をブランドし」、こうして作った種団子を「航空機から広域に散布する」、「そのなかの種子の環境に合ったものが発芽し」、その植物が「表土の保護作用、食料になる、飼料になる、土地を肥やす等」の点から選ばれて、土壌を安定させ、食料の大量生産をもたらすという。

このミステリーの特徴は、いわゆる経済問題を超えて、根本的な国の再生が語られていることにある。このような準備は、災害が起こってすぐになされるものではない。菅原は大噴火のことを知り、再生の構想をし、首相になって特別な人材を集め、準備してきたのである。大地の警告で近いものは第二次世界大戦中、一九四四年のM7・9の東南海地震だったという。

そもそも、あの無謀な大戦争の一端は、国学者が古事記を矛盾だらけの屁理屈で解釈し、天皇を神に祭り上げてしまったことにある。その結果、天皇神性論をバックボーンとした軍部や右翼勢力が神の威を借りて横暴の限りを尽くしたのだ。

と、『古事記』の神話の解釈にも及び、古くからある災害の経験の記録を警告として読み

取れなかったことの責任をいう。責任は政府が負うべきもので、

（前略）前政権の起源はアメリカ占領下の敗戦処理内閣だった為、アメリカに尻尾を振っておりました。（中略）植民地政府によくある構図ですが、日本政府はアメリカに不利益を為《な》しそうな民間の活動を規制し、その代わりアメリカは日本政府が国民から搾取することを黙認するという暗黙の了解があったのです。勿論、日本の政策がアメリカの意のままであったことは申すまでもありません。おかげでアメリカが日本から得た富は計り知れません。いわば日本は金の生《な》る樹で、そのため歴代のアメリカ大統領は日本の政治家を軽蔑しながらも縁がきれなかったのです。

と、アメリカ大統領の側近に言わせている。民主主義国家というのもあやしいとまでいわれている。

【昭和からのコメント】③：民主主義国家の政府の責任

この日本政府への批判が当たっているかどうかはともかく、二〇二〇年からのコロナ禍の二年をみても、政府が国民を守ろうとしなかったのは実感されたと思う。

少なくとも「GoToトラベル」キャンペーンについて、記者たちにこの政策によって感染者が増えたのではと質問されて、科学的に因果関係を証明できないと繰り返し言っていた菅首相のことは忘れられない。

「GoToトラベル」によって、どのくらいの人々が旅に出てどうなったかは、こういう状況下にこの政策を打ち出したとき、実態調査がなされるのは当たり前で、それをしていなかった責任がまず追及されなければならない。そして科学的に証明されようがされまいが、この状況で感染者が増えたら政策と関係あるかもしれないと受け止めるべきで、そういう可能性のある政策はやるべきではないのである。

政府はまず、国民を守ることを最大の役割とすべきで、危険のあることはしてはならない。最近、北朝鮮や中国の脅威に対して多額な国費を費やして防衛力の強化を図ろうとしているのは、その方向である。アメリカからの兵器等の輸入という経済関係ばかりが目立ってしまう。北朝鮮のミサイル実験に、Jアラート（警報）を鳴らして国民を不安に陥れる防衛力の強化は矛盾しているではないか。ミサイル発射の実験に核弾頭を積んでいるはずはないだけでなく、どこに落ちるかもわからず、その破片が航行する船舶にあたる確率は交通事故の何百分の一もないはずだ。

さらにいえば、コロナ・ワクチンの輸入も遅れ、以降の国民への対応も後手だらけだった。これ以上国民を危険にさらさないようにするのなら、コロナ禍での「GoTo トラベル」はなされるべきではなかった。その結果、病床を十分に確保するなど医療体制の準備をしなかったため、入院して治療を受けられない自宅待機の感染者が何人も亡くなった。これは国民の命を何よりも守る義務がある政府の責任である。

こういうことを考える発想は、昭和に育った者に特有なわけではないが、昭和の敗戦後に初めてといっていいような民主主義的な思考を強いられたから、多くの人々が民主主義とは、民主主義国家とは何か、と考えていたのである。おかげで私のような国文学研究者も、書いたようなことを考える態度を身につけてしまった。

『幻夜』が語るように、バブルの崩壊から大災害に至る過程は一連の物語になる。そう捉えてみると、大災害は必ずしも自然災害としてみるのみではなく、『死都日本』の語るように、政府が大災害への対策を考えていれば犠牲を少なくできたといわざるをえない。その意味で、人災とはいわないが、これまで体験したことのなかったような、というのはごまかしであり、責任は感じるべきだということになるだろう。

第二章　多様性とは

平成には、この世界が多様であることを語るミステリーが多く書かれている。多様性は一人一人の固有なものを認める豊かな社会と思われがちだが、実は、多様性といわれているのは、ある社会が自分たちと同一、あるいは近いと認めているものの内部だけをいっている。たとえば今の社会で、アフガニスタンのタリバン政権に対し、女性の対等性を認めよというとき、タリバンを多様性の一つとして対等に認めていない。つまり人権、民主主義というような価値観を共有することのうえに立っている場合にだけいわれているのである。それが正しいということを検証し、そう思わない人々を説得できるほどの思考を重ねたうえでのことではない。

私自身についていえば、人権は重要だし、女性差別は嫌いだし、民主主義、自由主義に立って考えているつもりだが、それらが絶対的に正しいことを確かめることができないでいる。そういう者もいるから多様なのではないか。

平成期に多様性がどのように書かれたのかをみていこう。

1 地域社会の多様性と個人の責任——貫井徳郎『乱反射』

貫井徳郎（一九六八～）『乱反射』（平成二一年〈二〇〇九〉、日本推理作家協会賞）は、た

またま通りかかったベビーカーに倒れた街路樹がのしかかり、乗っていた二歳の男の子が救急車で病院に搬送されるが亡くなってしまう。その亡くなった子の父親である新聞記者の加山聡が原因を追及し、いろいろな要因を見出していく話である。

物語としては、加山は妻光恵、息子健太と旅行に出かけるが、急いで出たためゴミ袋を自動車に積み、悪いと知っていながらサービスエリアのゴミ箱に捨てたことから始まる。そして大企業のそれなりの地位の夫をもち、三人の子供を育てあげ、今はボランティアなどに生きがいを求めて暮らしている田丸ハナが登場する。彼女はテレビで、マンション建設で伐《き》られそうになった樹齢八百年の木が地元の反対運動で残されることになったニュースを見る。近くで道路拡張のため多くの街路樹が伐採されることを知り、反対運動ができないかとも思う。

次に、定年退職し、「自分のように職がなく、かといって体が弱っているわけでもない六〇代の男は、世の中で最も居場所がない人間なのではないか」と考えている三隅幸造が登場する。犬を散歩に連れて行き、街路樹の根元にフンをするのを自分が片づける気になれないで、あまり人に迷惑をかける場所でもなく、ほっておくことが語られる。さらに医者の久米川治昭が医療ミスを嫌がり、週三日、三つの病院で働いて暮らしている話。そして体の弱い大学生の安西寛が病院に診察に行くと、昼間だと待たされるが夜間だとすぐ診てもらえることを知り、これからもそうしていくことを語るというようにして、次々にさまざまな人の話が続く。

何の関係もない人々が次々と登場するわけだが、それらの人々が繋がっていくのは加山の息子健太に街路樹が倒れかかる事故死によってなのである。

最初に、著者の「これは、あるひとりの幼児の死を巡る物語である」との導入があるから、読者はこれまで語られてきた多様な人々がその物語に関わっていると意識させられる。このようにして、それぞれの生活をして多様に暮らしている人々が、ある一つの事件を核にして関係がもたれることがある、ということを示している。

そこで、関係する人々を整理してみる。

①倒れた街路樹に関係する人

街路樹の一本の根元にフンをする犬の飼い主の三隅幸造。

街路樹伐採に反対する運動をする田丸ハナ、佐藤和代、粕谷静江。

道路拡張に反対して土地を手放さなかった河島。

街路樹を管理する市の道路管理課職員の小林麟太郎。

市に頼まれて街路樹を検査する造園業の石橋造園土木の社長石橋、そこに勤める樹木医の資格をもつ潔癖症の足達道洋。

②救急車の搬送が遅れたことに関係する人
急患を断った病院のアルバイト医師の久米川治昭。

その病院の夜間診療にたびたび診察に来て診療を時間のかかるものにした安西寛。

安西が夜間診療だと待たずに診てもらえると話した雪代可奈、それを広めた可奈の友人。

車の運転がへたで、車庫入れができず、運転を放棄し渋滞をまねいた榎田克子。

と、大きく二つにまとめることができる。フルネームで書かれている人物がより深く関係しており、姓だけの人物は関係が少し浅い。

また街路樹が風で吹き倒されることになったのも、街路樹を検査する足達道洋が潔癖症で、根元に三隅幸造の飼う犬のフンのある木を検査できなかったことで、内部が傷んでいたことがみつからなかったからだった。そのフンがあったのは、定年後の時間をどう過ごしていいのかわからない状態で、たまたま老婦人が犬を連れて散歩していたのに出会い、自分もそうしようと思ったからで、そう思わなければ、三隅幸造が犬を飼うことはなかったかもしれない。幸造が老婦人に出会うのがもっと後だったら街路樹は伐採されていたかもしれず、幸造が犬を飼っても別の場でフンをさせただろうから、足達道洋の潔癖症と結びつくことはなかったろう。さらに伐採に反対する連中が定期の街路樹検査に出会わなければ、ゆとりがあって、足達ができなかったフンの処理は別の誰かができたかもしれない、というように、偶然の積み重ねが倒木という事故をもたらした。

もちろんもう少しベビーカーが早くか遅くかに事故現場を通り過ぎていれば、事故にならずにすんだわけで、街路樹が倒れたのは、たまたまが重なり、起こったものといわねばならないだろう。必然的ではない。

このように、健太の事故死は一つ一つはたいしたことではないが、たまたま多くの要因が重なって起きた事故死という以外になくなる。

加山は息子の死を調べていき、潔癖症の足達道洋と足達の勤める石橋造園土木社長の石橋以外、誰も自分が悪いわけではないと主張する事実に出会う。加山自身、犯罪として追及しようというのではなく、謝って欲しいという思いで事情を訊いているのに、みな自分には責任がないことを主張する。法的にも彼らを裁くことはできない。責任をいうなら、加山の上司である新聞社のデスク海老沢のいうように行政ということになる。よそ見してベビーカーにぶつかりそうになり、「ほとんど反射的に責任転嫁し」、「謝ったらどんなときでも負け」と思っているだけでなく、「責任逃れではなく、本気で行政が悪いのだ」と考えている佐藤和代にみられるように、行政の責任という考え方は市民に浸透しつつある。

この小説は最後に、加山自身が家庭のゴミは家庭で処理しようという社会の方向を守らず、急いでいるので車に積み、サービスエリアで捨てたことを思い起こし、自分も同じなのだと気づく場面で終わる。結局、個々人が自分を他人や社会との関係のなかでどう考え、どう思うかだと著者は考えているのである。

どこの社会も多様な人々が多様な考え方をもち、多様に暮らすことによって成り立っている。多様性ということでいえば、『乱反射』の設定は多様性そのものを書いている。そして人間は多様であるゆえに社会にはさまざまな問題が起こることが語られている。この物語では多様な人々が幼児の事故死で繋がる。これは望んでそうなったのではない。つまり普通人々はむしろ繋がっていないといっている。多様性は、個人がバラバラだということであり、多様性自体に価値があるわけではないことを語っている。

加山聡は息子の死を悼んでもらうことはできなかった。そしてそれは自分の都合で、社会のルールも守らない、いうならば居心地よく暮らせない社会であることの原因は自分にもあると思い至ったのである。多様性という論点からいえば、個人、個性ということに価値を置く近代社会において、多様性はそれぞれの価値を認めることではなく、どのように繋がれるのかという関係を考えねばならないといっていると受け止めていい。

『乱反射』は、バラバラではない社会の関係として世代という括りがあることにもふれている。足達道洋は三四歳で、樹木医の資格をもっているが、過度の潔癖症で、生まれた自分の子も抱けない。夫婦の同衾も妻の体を除菌シートで拭かなければできないという。これは対人恐怖症といえる精神的な病だ。関係のもち方がわからなくなっているという捉え方をしてみれば、市の道路管理課の職員小林麟太郎は二五歳で、安達の一世代前だが、人と争うのは嫌で、「他人と深く関わらず、すべてを受け流すようにして生きていれば、摩擦も生じない。嫉妬《しっと》などという醜い感情に振り回されることもない。世界中のみんながそのように生きられるなら、戦争もない平和な世の中になるのに」と真剣に考えていたとされるのと近い。医療ミスで訴えられたりすることが嫌で、アルバイトで暮らす医師の久米川治昭も近いといえるだろう。このような感じ方は、「競争を嫌う人は、（市職員の）麟太郎の世代では決して少数派ではなかった」とあり、世代的な共通性でもあることをいう。

さらに一回りくらい上の世代が三隅幸造だろう。加山がフンを片付けなかった三隅幸造を知り、追及すると、幸造は、「あんたらみたいな若い者は知らないだろう！　生まれたときから物が溢れ、なんの不自由もない快適な生活が送れたのはどうしてか、考えてみたことがあるか！　おれが若い頃には、何もなかった。おれたちの世代が全部、一から作り出さなければならなかったんだ。おれたちは自分のためじゃなく、日本全体をよくしたいと思って無我夢中で働いた。その結果が、この豊かな日本だ。あんたらはただ、おれたちが作り出した豊かさをなんの苦労もなく楽しんでいるだけじゃないか。おれたちが若い頃には、健康維持なんて考えすらなかった。体を惜しみなく削って働くことが美徳だったんだ。その挙げ句、おれは腰を痛めたんだ。それなのになんで、あんたら若造に非難されなきゃならないんだ。目上の者を敬おうという気持ちもないのか」と居直るが、この豊かな社会を創ってきたのは自分たちだと、居直る人もいる。三隅幸造のように、敗戦後に必死になって生き、現代の日本を創ってきた世代がいる。

私の母はその世代で、PTA活動を盛んにしていたり、地方から東京に働きに出てきた青少年に練馬区として居場所を作るなどの活動をしてきた。

昭和期のミステリーは、この敗戦という共通体験を背景にしているものが多い。その意味で『乱反射』は敗戦体験を過去のものとしている。いうならば、敗戦体験も歴史化され、世代の違いは敗戦後の歴史そのものでもあった。

2　郊外という空間――桐野夏生『OUT』

桐野夏生（一九五一〜）『OUT』（平成九年〈一九九七〉、日本推理作家協会賞）は、東京の郊外で暮らす普通の主婦たちが死体処理業で金稼ぎをするが、結局は破綻するという話である。舞台となった郊外は都市の周辺にあり、元からいた人たちと、街なかから、地方から出てきた人たちとがごったに暮らしている空間である。

主人公の香取雅子は四三歳。二歳年上の夫の良樹は大手不動産会社の系列建設会社に勤める営業職である。二人は高校時代に知り合った。一人息子の伸樹は都立高校一年のとき、パーティー券の販売で退学になっている。雅子の家庭は、「何のため一緒に生活しているのかわからないほど、三人が三人とも行き違っていた」。

雅子は高校を出て田無市にあったT信用金庫の社員となり、二〇年間働くが、一〇年働いてもまったく同じ仕事で、同期の男性社員は役付きになっていき、給料は二百万円も差がついた。雅子は同期の課長に直談判したが、それからは嫌がらせがあり、バブルの最盛期の頃、融資の焦げ付きをめぐって、雅子が上司のミスを指摘すると、殴られた。バブルが弾け、不良債権が回収できず、農協系の大きな信用金庫に吸収される。リストラが始まり、雅子は退職させられる。

その信用金庫勤めの末期、バブルが弾け、不良債権の取り立てのことなどで、逃げまわる客を厳しく追い込むために使われていた証券会社の下請けの社員の十文字彬が雅子を見ている。

「雅子の周囲には常に誰も近づけないバリアのようなものが張り巡らされていた。それは、たった一人で世界のすべてと闘っている「印」のようなものだ。部外者でヤクザまがいの自分がそれを感じとれるのは何の不思議もない。類は友を呼ぶだ。たぶん、イジメというのは「印」を持てない人間が引き起こすのだ」と、十文字は感じた。その十文字が城之内邦子の借金を握っている街金をやっている。

城之内邦子は三三歳。渋谷のセンター街で知り合った哲也と暮らしていたが、出て行って、小平の団地で一人で暮らしている。渋谷でふらふらしていた頃に買い込んだ服や装飾品のクレジットローンの借金に現在も苦しめられている。街金の「ミリオン消費者センター代表」の十文字彬が、借金の返済を迫る。

吾妻ヨシエは五〇代半ば過ぎで、中学校しか出ていない。夫は五年前に肝硬変で死亡している。寝たきりの姑と高校生の娘美紀がいる。二一歳になった娘の和恵が二歳の子イッセイを連れて家に来、子を置いて出て行く。

山本弥生は三四歳。山梨の短大を出て東京のタイル会社で働き、山本健司と結婚し、工場近くで暮らしている。五歳の長男貴志と三歳の弟幸広がいる。

このような年齢も性格も状況も異なる三人が出会うのは、武蔵村山市のほぼ中央にある弁当工場の夜間の仕事においてである。そこでは百人近い夜勤者が勤めていて、三分の一が日系ブラジル人で、男女比は同数。日本人は四〇、五〇代の主婦だった。

その仕事の知り合いに日系ブラジル人の宮森カズオもいる。カズオの父は、一九五三年に再開された戦後移民として宮崎県から親戚を頼って単身ブラジルに渡る。だが、戦前の移民と意識が違い、独立心が強く、農園を飛び出し、ブラジル人の床屋に助けられ、床屋の技術を身につけて店を任せられるようになり、ムラート（白人と黒人の混血の娘）と結婚してカズオが生まれる。カズオが一〇歳のときに、父は自動車事故で死亡する。成人して「日本での勤労者募集」のポスターを見て、日本で働くことに決めた。

こういう多様な人々が暮らし、工場の夜間の仕事という過酷な仕事を通じて知り合っており、中年の主婦四人が死体処理をし、金稼ぎをするのである。

山本弥生が夫の健司を殺し、相談を受けた雅子がヨシエに手伝わせて死体をバラバラにしてゴミ袋に分け、処分する。邦子にゴミ捨て場に捨てるのを手伝わせる。

それだけでは死体処理業にはならない。邦子は街金に金を借り、厳しく取り立てられており、街金の十文字が邦子に借金を帳消しにすることで、殺人のことを聞き出し、死体処理業を雅子に提案する、というようにして、主婦たちの死体処理業が始まるのである。

ところが死体の処理が難しい。雅子は死体をバラバラにして、五〇個くらいに分けてゴミ袋に入れ、一つ一つを別の場所に捨てることで、死体をなくそうとする。死体を埋めるだけではいずれ掘り出される可能性がある。ゴミ袋に入れゴミ箱に捨てれば回収されて焼却され、死体は消失する。この処理はむしろ大きなマンションが数多くある街なかのほうがいい。雅子は大きなマンションの裏のゴミ捨て場をみつけ、家庭ゴミと見分けがつかないようにして、捨てていった。

邦子は捨て場所を探して車で回り、畑を均《なら》して作られた造成地の、住宅と農地の境にコンクリートに囲まれたゴミ集積所があるのをみつける。だが、そこを見張っていた老人に捕まってしまうなどし、公園を思いつき、捨てるが結局みつかり、猟奇事件として報道されてしまい、警察が調べ始める。

殺された健司はバカラ賭博で借金があり、しかも歌舞伎町で賭博をやる店が入っているビルにあるクラブの女に言い寄っていたことがわかる。その二つの店を経営していた佐竹光義が警察に目をつけられ、商売はだめになり、その二つの店を失う。佐竹はバラバラ殺人事件を調べ始め、弥生に行き着き、弥生から生命保険の五千万円を奪い、雅子が主犯とわかり、雅子を殺そうとして、殺される。雅子はもう家族を捨てている。カズオにすすめられたブラジルへ行くかもしれない。どこへ行こうと、雅子にとって同じだった。郊外という境界的な空間は定着すべき場所というより、世界中のどこことも通じる開かれた場所なのである。

この物語で、多様な女たちが弁当工場の夜間アルバイトで繋がりができるのも、主婦たちが死体処理業をするのも、雅子が外国へ旅立とうとするのも、郊外でなければならないことはない。にもかかわらず、舞台が郊外であるのが必然的に思えてしまう。たぶん農村・漁村では、主婦たちの死体処理業という発想は出てこないだろう。人間関係が少なくとももう少しは濃密だからである。といって都市部では、死体処理業というような犯罪が普通の主婦たちに保てるくらいの緊密さは可能とは思えない。

やはり郊外という、何が起きてもおかしくない境界的な空間だからと思われる。都市は、方々から人が集まるように始まっても、いずれ固定化し排他的になっていく。だが、郊外は古くからの人々もいつつ、常に人が入れ替わっており、都市的な性格も強くあらわれるのである。

【昭和からのコメント】④：日本には古代から郊外があった

郊外は古代以来の独特の空間である。日本の古代都市は、ヨーロッパや中国の都市のように城壁によって外と内とがはっきりと区別されることなく、羅城門の両側にいわば象徴的な城壁が設けられているだけで、外側の郊外も都市に組み込まれた空間としてあった。

郊外には寺や社が造られ、都市で消費される米や野菜などを生産する田畑が耕作されるだけでなく、『万葉集』の歌からいえることとして、春には春菜を摘み、秋には黄紅葉を見に行くというように、季節の訪れを受感する場所だった。『万葉集』の自然詠は旅の途中に異郷を詠む以外、季節の初めに都市の周囲の野に出て変化を詠む歌が作られており（古橋『万葉歌の成立』〈講談社学術文庫〉、『平安京の都市生活と郊外』〈歴史文化ライブラリー〉吉川弘文館）、人が自然と接触する空間をもっていたといえる。日本は自然と親しむ文化をもっていたというのは半分以上が誤っている。郊外の外には荒ぶる自然があり、人々は畏怖し、近づかないようにしていた。そしてその畏怖する自然を緩和する空間として郊外をもっていたのである。京都を囲む七野はそれである。

ヨーロッパでは、古代以来の都市は城壁に囲まれ、城壁の外は文化の届かない未開の、野蛮な空間と認識された。郊外は suburb だが、語源は野蛮を意味する savage と同じという。そして文化をいう culture は、耕する cultivate からきており、未開地を耕す、開墾するのを文化という。文化と未開、野蛮は対立するものなのである。

ヨーロッパの都市は自然を排除した。道路は石を敷き詰め、草木は除かれた。庭園が造られても、木を四角や三角に刈り込むなど、人間の手が加えられる、つまり人工的なのである。だから人間と自然、外部を隔てる城壁を取り除き、周辺に郊外を造ることで、近代を創ってきたのである。ヨーロッパに並木が植えられ、庭園が造られるのは近代のことである。そしてある程度成功した労働者が暮らす郊外、都市民が散策し、遊ぶ空間としての郊外、そして大規模な工場が建設される郊外である。

先に述べたが、日本では郊外の外側には荒ぶる畏怖すべき自然、神々の世界が拡がっていた。つまり人間は自然と対立するものではなかった。むしろ大きな自然に包まれ、人の暮らす空間があった。だから自然と直接接しなくてすむように、郊外という空間が造られたのである。

自然ばかりではない。外国の使節もまず郊外で受け容れた。こういう外部と内部が接触する空間が都市の周辺では郊外であり、自然も含めさまざまな文化が出会い、競合する境界的な空間が郊外だった。漢文を書いて日本語で読む、漢文訓読も郊外的な文化のなかで生まれたと思う。

3 郊外の悪夢——奥田英朗『邪魔』

奥田英朗『邪魔』（平成一三年〈二〇〇一〉大藪春彦賞）も挙げておきたい。前章で取り上げた『最悪』と同じ、東京近郊の地域に暮らす三人のそれぞれを書きつつ、どこかで交差しているさまを書く。

郊外に家を建てて暮らすサラリーマンの妻及川恭子。高校を無事に卒業し進学を望む普通の家庭の高校生渡辺裕輔は、カツアゲして遊ぶ金など得ているいわば不良である。そして妻を交通事故で亡くし、妻の母を慕う刑事九野薫の三人を書くが、それぞれが独立性が高く、三人の交わり方が薄い。

書き出しは、張り込みをしている九野を渡辺と仲間三人がカツアゲしようとして、逆に痛めつけられるという関わりから始まる。そして後に渡辺が、刑事に暴力をふるわれたと九野を告訴する。さらに、恭子の夫及川の勤める会社にボヤがあり、及川が久野に調べられるようになるという関わり方をするが、恭子と渡辺は関わらないというように、直接の関わりはあまりない。それぞれがバラバラに存在しており、それぞれ自分のことでいっぱいで、関わりによってそれほどの影響があるわけではない。

恭子は、郊外の庭付き一戸建ての家を購入し、家計を補うためにスーパーでアルバイトをしながら庭に花壇を作り、子供たちと一緒に花を植えることを夢見ている、普通のサラリーマンの家庭である。そういう家庭が崩壊していく。恭子は共産党系の主婦に、バイトでも労働契約を結べば有給休暇、退職金などを要求できると教えられ、その組織の主婦たちに混じり、活動家のような行動をする。しかし共産党系の集団は労働契約より組織の活動資金の確保が優先し、スーパーからまとまった金をもらって終息させ、恭子は裏切られる。

かつては組合が結成され、働く者の権利を守る活動を第一義としていたが、平成期では、労働が資本家と労働者という関係のなかで考えられなくなり、労働者は孤立してしまった。組合も組織自体を守ることをし、労働者を守らないのである。そして恭子は職場を替えられ、またボヤ騒ぎで夫は会社にいにくくなり、家庭は暗くなっていく。

渡辺裕輔は刑事をカツアゲしてしまったからといって補導されるわけではなく、しだいに大学進学も諦め、かといってヤクザの仲間入りをするわけでもなく、中途半端にグレている、よくありがちな高校生である。

九野は亡くなった妻の母をこのまま母としていたいと思っているが、ほんとうは母も亡くなっていたことがわかり、読み手も混乱させられる。この九野こそが最も現実と関わりがなく、バラバラを象徴しているわけで、現代の郊外の、そして人間関係の希薄さが語られているのかもしれない。いうならば、多様な人々はそれぞれが悩みを抱えつつ、バラバラに暮らしているといっている。

及川の家庭が最も詳しく語られている。先にも記したが、恭子とその家庭が郊外の普通の人々の暮らしを象徴しているからである。ローンを組んで開発地に建てられた住宅を手に入れ、スーパーで時間給をもらい庭に花壇を作り家族と庭いじりすることを夢見ている。しかし組織に労働の当然の権利として労働契約を結ぶことを教えられ、活動するが裏切られる。本来、労働者を守る組織から裏切られる。近所づき合いもほとんど語られていない。

人は隣というような地域性や職場などによって繋がりをもっているものだが、職場による労働での共通性など類として把握するものがなくなっていることを、この小説は語っているのである。渡辺裕輔がグレているのも、大学を出てくれればという両親の願望を否定しきれず、学校にもうまく溶け込めず、ヤクザになるほど外れてもいないのだから、まず高校生としての共通性からも疎外され、類として感じられる場がない。今の社会では、自分らしさに過剰な価値を与えるから、他人との繋がりも希薄で類という概念も否定される。そこで親しい者ができると、家族ぐるみの過剰なつき合いをするようになり、週末もみんなでバーベキューができれば幸せという風潮がある。一人になって考える時間もない。居心地のいい世界を作り、楽しく笑い過ごせればいいという毎日となる。スポーツ選手に憧れるのも、悩まない、考えない生活の延長にあるのである。

しかしこの小説、郊外で暮らす家族が別の家族と親しくするところがないから、週末にバーベキューということもなく、また『ＯＵＴ』のように同じ職場でのつき合いはあっても、家族ぐるみということもない。この二つのミステリーは多様性について書くことを、バラバラのまま放り出されている個人をそのまま書いていることで、きわめて批評的といえそうだ。

4　地方の活性化――湊かなえ『ユートピア』

この多様性という価値を地方の町でみてみよう。湊かなえ（一九七三〜）『ユートピア』（平成二七年〈二〇一五〉、山本周五郎賞）を取り上げてみる。

太平洋を望む人口約七千人の港町、鼻崎町《はなさきちょう》。近隣の大きな市に吸収合併されることなく、町として独立できているのは、戦後、国民の食卓を支え続けてきた日本有数の食品加工会社、八海水産《はっかいすいさん》、通称ハッスイの国内最大工場を有するためである。

堂場菜々子は小学校の社会の授業でそう習った。

町の玄関口となる国鉄鼻崎駅前から、鼻崎岬へと続く海岸沿いの県道までを結ぶ〈鼻崎ユートピア商店街〉に、全盛期には一日一万人が訪れていた。

なかなかうまい書き出しである。かつて繁栄していたが今は廃れている地方都市の物語であること、そして堂場菜々子が主人公であることも示されている。「国鉄」という語は、ここで語られている場面は一九八七年の国鉄民営化以前であることが示されている。「国鉄鼻崎駅」は、その地方の中心地であった。国鉄は全国に張りめぐらされ、地方の近代化を象徴するものだったのである。この物語は二一世紀に入ってすぐのことで、一五年ぶりに開かれる商店街祭の頃のものだから、「国鉄」という語が意味するのは、かつての賑わった地方都市を示している。つまり衰退していく状況のなかで活性化を求める地方の町の物語である。

こういう地方の町は地元に古くから住む者、工場などの施設ができることによって居住している者、そして新たに居住した者の三種の人々で構成されている。この物語も、戦前から仏具店を営む堂場修一の妻菜々子、繁栄の時代に住み着いた水産会社の社員の妻相場光稀、新しく地方社会が活性化のために呼び集めた芸術家村の星川すみれの三人が、それぞれ立場の異なる主人公として設定されている。

この三人が出会い、親しくなるのは一五年ぶりの、二一世紀最初の鼻崎商店街祭の実行委員会においてである。この中断していた祭は、「従来の商店街祭りを復活させるのではなく、〈鼻崎ユートピア商店街〉に若い人たちを呼び込もう」と、「昨年、五丁目に店を新規オープン（新しいカフェや雑貨店、焼きカレーなど）させた人たちが提案した、新しいイベント」という。菜々子からみれば、商店街の集まりなのに、誰一人知った顔がない。そして「半分以上が鼻崎町の顔じゃない」。リーダー的な女性すみれは「素朴な、自然派志向の恰好」、つまり「都会の人が憧れる、田舎暮らしの恰好」で、田舎の港町には似合っているが、それがかえって違和感を醸し出している。すみれはパートナーの宮原健吾と同棲している。宮原は〈はなカフェ〉と雑貨店〈はな工房〉のオーナーである。このように、よくある地方に新しく来た人たちが、悪くいえば自分たちが儲けようとして活性化という名で行う祭でしかない。

この実行委員会の場で一丁目の代表が堂場菜々子、四丁目の代表が相場光稀で、三人は親しくなるのである。

菜々子は、結婚して八年目で、老舗の仏具店の店番や義父、小学一年生の久美香の世話で忙しい。義父は認知症で、義母が世話をしていたが、五年前にその義母が家出をする。菜々子はもともと「こんな田舎町、まっぴら」と思っていたが、短大進学で外に出たにもかかわらず戻り、古いしきたりの残る人と結婚した。その夫は八海水産に勤めている。

光稀は、五年前に夫の赴任にともないこの町に来て、八海水産の社宅で暮らす。社宅で一番古い八年目となる恵美が中心になって、気の合う主婦仲間と手芸の店「プティ・アンジェラ」を出すことになった。そして「この来たばかりの頃は、自分は外の人間だという意識がつよかった」が、「近頃は、自分やハッスイの社員こそがこの町を代表する住民なのではないかという想いが芽生えつつある」。

すみれは、この町の鼻崎岬に住むようになって、自然の運行が自然に感じられ、風景が美しいすばらしい土地と思っている。しかし「この町の人たちは気付いていない」から便利な所に住もうとする。〈岬タウン〉に住むアーティストだけがこのよさを知っていると思っている。しかもこの土地には、すみれの求めるものに近い陶芸向きの土があり、「運命の場所」といえるほどだと思っている。もちろんこれは芸術家によくある傲慢さであり、彼らが町では浮いた存在であることを示している。

菜々子は地元の者だからこの土地から出たいと思っても、ここで暮らしていくことを受け容れる覚悟をもっている。戦後、新しく建った工場に関係する者の一人である光稀は、経済的にここを支えているのは自分たちだと思っている。そして最も新しく開発された海の見える地に居住して来たすみれは、自然と共存できるこの地のすばらしさを地元の人たちに教え、この地を活性化させたいと思っている。というように、町への定着度もそれぞれで、また三者三様の感じ方や考え方をもって、この地に暮らしているわけだ。

この鼻崎町はどこにでもありそうな地方の町である。そういう地方都市が昭和期のような経済成長がなくなり、活気を取り戻そうと商店街の祭を行うことで復活させようとする実行委員会で三人は知り合い、親しくなって、それなりに町を活性化する活動をしていくが、やがてうまくいかなくなり、またそれぞれに分かれていき、町は元の寂れた状態に戻っていくという物語である。

光稀の娘の小学四年生である彩也子が、交通事故にあってから歩けなくなった菜々子の娘である小学一年生の久美香の世話をやく。それを詩にしたり、文章に書いたりしていて、新聞に取り上げられたことをきっかけに、菜々子、光稀、すみれの三人が身障者の車椅子利用者に快適な街づくりをうたう「クララの翼」を立ち上げる。それなりに成功を収めるが結局、その関連グッズのストラップの収入へのやっかみ、周辺の噂などがまとわりつき、うまくいかなくなる。そこに、久美香は歩けないふりをしているだけだという噂が立つ。

というようにして、三人の仲に隙間ができ、光稀は夫がベトナム工場の工場長になるのにともなってベトナムへ、すみれは健吾と別れ友人から軽井沢の工房を譲り受け、二人は去っていくというところで物語は終わる。

『ユートピア』は、地方都市が活性化を求めて祭を開催するというしばしばみられる光景を書いているが、それもよくある、この祭が外から来た者たちの要望としてしか語られていない。地元の商店街に住む菜々子は「商店街の集まりだというのに、誰一人知った顔がいなかった」と祭の実行委員会に出て驚いている。こういう祭に人が集まったとしても、それを復興とはいわないだろう。『ユートピア』というタイトルは、最も新しく町に暮らすようになったアーティストが、町の人たちが気づかない自然のすばらしさをもっており、焼き物を作るによい土があるこの町をこう呼んだことからつけられているのである。

ここ数十年、特に平成の時代、地方の過疎化、停滞が大きな課題となっている。『ユートピア』はそういう問題に活性化とされる、新しく町に来た若者たちを中心にした祭というよくみられる方向に対して皮肉っている。

そして地元の堂場菜々子、水産会社の社員としてやって来た相場光稀、新たに芸術村に来た星川すみれらの鼻崎商店街祭によって一時にしろ町は賑わい、そして外から来た人が去り、元からいた人は残り、町は静けさに戻るところで終わるのは、このようにしてこの町は続いていくことを語るだけである。つまり繁栄と衰退の繰り返しは地方の街の常と語っているようだ。

この物語には地元の老人が菜々子の義父や義母としてしかほとんど登場しない。地元の産物にしても、商店街の祭の景品に菜々子の家の線香を出すことに示されている程度で、地元に古くからある産物は野菜くらいしかないにしろ、水産会社の水産加工品も登場しない。むしろ芸術村からアートが出される。これらは地方再生といわれる、商店街の祭における典型的なやり方である。

繰り返しになるが、菜々子からみれば、祭の実行委員会は商店街の集まりなのに、誰一人知った顔がない。そして「半分以上が鼻崎町の顔じゃない」。つまり地元の人たちの共通の想いとして祭を開催するわけではないのである。もちろんそれでも人はそれなりに集まる。だからといって成功というわけにはいかない。祭が終われば、町全体が活性化したようにはみえない。老人が登場しないといったが、若い人向けのものでしかないといえるのかもしれない。

しばしば地方の町の活性化・再生などとして紹介される例のほとんどがこういうものではないか。ジャーナリズムは賑やかなようすを報道するだけで、町が変わったか、新たな活力が生まれたかなどははっきりしない。それにいわゆるアーティストと自称する芸術っぽいものを創る若い人が積極的に呼ばれ、陶器や人形を作ったり、また閉店した店のシャッターや外壁に絵を描いたりすることが活性化・再生とされている場合が多い。都市やその周辺で売り出すのはたいへんだから地方に来て成功しようという姿勢が見え見えだ。どこでも同じようなことが行われている。

これではどこも一律になり、東京や大阪のような大都市の小型版になり、大都市にかなうはずもない。イベントで人を集めることだけでは、その時賑わうだけで、地方は活性化・再生するはずもない。老人へのインタビューで、賑やかでいいという答えのみで町が活性化しているように装った報道があるが、老人たちには一時の賑わいはうれしくても、日常にはむしろ煩わしいと思うのかもしれない。

この『ユートピア』が語っているのは、そういうことでもあるといっていい。

私などは地方に暮らしたいという想いはある。しかし移った地方で芸術家の集まりなどといって、閉まった店のシャッターにアートとかいう絵を描いてあるのを見たら煩わしいと感じるに違いない。こんな煩《うるさ》いものは都会だけでいい。静かに、ゆったりした時間と空間のなかに身を置きたい。

定年になって地方に住みたいという人が増えているはずである。それ自体は活性化とはいえないかもしれないが、常に新しいものを創り出して、個性などと称して、自分の好みをわがままに商品にして生活しよう、というようないじましい人たちが大勢暮らすことが活性化ではない。むしろ地方には自然がある、空気がいいなどの評価も含め、都会的な感性で地方を見ずに、違った目を育てる必要があるのではないか。それこそ多様性に基づいた発想をもつべきなのである。

【昭和からのコメント】⑤：江戸期の幕藩体制で育まれた地方文化

もう一〇年以上も前のことになるが、毎冬入試の採点業務の缶詰状態から解放されて後、机に向かう気になれず、女房と二泊三日の雪国への小旅行をしていて、釜石に行ったことがある。釜石といえば東北の小さな町なのに、新日鉄釜石がラクビーにおいて一九七〇年代から八〇年代にかけて、松尾を中心に日本選手権を七連覇したことで知っていた。

駅前から「鉄の歴史館」に行くためにバスに乗った。そのバスで通った商店街はシャッターを下ろした店が多く、地方都市はこういう状況なのだと暗い気持ちにさせられたのだが、鉄の歴史館では高揚させられた。

明治初期に日本が西欧の製鉄の技術と技術者を入れて、釜石に溶鉱炉を作ったが、熱が上がらず、日本の技術者が土を工夫して製鉄できるようにしたことで、外国の技術者は母国に帰したということを知ったのである。他の東アジア諸国が外国の技術者頼りだったのに対し、日本は江戸期に蓄えた技術によって自国で製鉄を可能にし、近代産業を確立していったことに気がつかされたのだった。日本は幕藩体制下の国々がそれぞれ独立した経済をもたねばならず、今でいう地方文化が発達した。

これも冬の入試・採点からの解放の小旅行で、新潟の村上へ行ったとき、鮭の養殖が始まったのは、藩の財政を豊かにしようとする下級武士青砥武平治による、三面《みおもて》川でのものだったと知った。学校教育で江戸の武士たちの横暴、商人との癒着など悪いことばかり教えられてきた記憶があるが、幕藩体制は、武士の政権のもとで自国を豊かにする努力が各地方で行われ、地方産業、文化が育った時代だったのである。

加藤祐三・川北稔『アジアと欧米世界』(「世界の歴史」第二五巻、中央公論新社、平成一〇年〈一九九八〉)によれば、一七世紀末には江戸は百万都市になっていたが、一八世紀の世界で百万都市はそのほかに北京、ロンドンしかなく、日本はさらに四〇万都市の大坂、三〇万余りの京都、そして一〇万人の広島と、同時代の世界にない大都市のある国だったという。

日本が他のアジア諸国と比べて欧米の近代を受け容れ、急速に近代化していったのは、この江戸期の幕藩体制のおかげである。にもかかわらず、近代化は天皇を奉じた中央集権体制の国家主導で行われていき、むしろ江戸期に育っていった地方文化は近代化のなかで追い込まれていった。この問題はもっと突き詰められて考えられるべきだと思う。天皇制を持ち出す以外なかったのだろうか。

5　多様性とは何か

多様性そのものは価値ではない。日本で多様性が叫ばれたきっかけは、同性婚など性の多様性、心身障害者の社会の受け容れ方をめぐってといっていいと思う。もちろんこれも欧米からもち込まれた観念である。

というのは、古代貴族社会では『台記』という日記に、男色の具体的な描写が堂々と書かれている。もちろん江戸期にも普通に男色は書かれている。結婚という形にならないのは、結婚とは子を作るものであって、愛情がどうこうというものではなかったからである。愛情は一緒に暮らしていれば自然に抱き合うものであった。それが具体的に生活していくということだった。心身障害者については厳しいところがあったが、それは生まれた子を間引きすることがあったように、実際に暮らしを成り立たせていける労働力の限界と関係する。心身障害者を社会の養うものとする文化もあった。

私は、一人一人異なる人間が集まって社会をなしている以上、多様性は社会が成立して以来の、最初から抱えられてきた根本的な問題であるということから考えるべきだと思っている。だから多様性は自分のしたいこと、好き嫌いが他人と違うならどう折り合いをつけるかを考えたうえで主張されねばならない。

電車で他人の足を踏んづけても知らん顔をしていられる人、道でぶつかっても知らん顔をしていられる人と同じ世界に一緒にいたいとは思わない。要するに、今いわれている多様性は他人との違いを、他人を押し退けてでも自己主張をできる態度を基本としている。そして今の高度に発達した消費社会は、個性を商品として太ってきた方向をさらに進めようとしていると捉え返さねばならない。何でも商品になり、金儲けをする社会である。

『乱反射』が語っているように、社会は多様な人々が多様な考え方をして暮らしており、それ自体はバラバラなのだが、それらがわずかずつでも一つのことに関与することで社会には何かが起こるのである。つまり、あらゆることがこの世が多様であることによって起こっているといっていい。それゆえ、どんな物語も多くの多様な人物が登場するのである。『ＯＵＴ』にしろ『邪魔』にしろ『ユートピア』にしろ、ある舞台に登場する人々を多様にすることで、なるべく世界をリアルに語ろうとしている。世界は最初から多様だからである。

ということは、「多様性」は社会があり人々が生活しているかぎり当たり前のことで、ことさら取り上げることではない。にもかかわらず、多様性が重要なことのようにいわれ出したのは、性的な指向のマイノリティ、そして心身障害者を、いわゆる普通の人々と対等に扱うためである。

現代社会は何でも消費の対象にするから、悪くいえば経済的な理由、心身障害者でいえば介護関係の用品が儲けの対象になったことと関係する。貴志祐介『硝子のハンマー』（平成一六年〈二〇〇四〉、日本推理作家協会賞）が介護用品の商品化をめぐるミステリーを書いている。

性的指向のマイノリティの場合は、男女の対から子が生まれ家族をなすという動物と共通する、いわば自然性の崩壊という社会的な問題と関係するに違いない。もちろんこれは少子化と深く関係する。同性婚では子は生産されず、養子をとるといういわば擬似的な家族をなすか、子のいない家庭になる。愛によって結ばれた対が最も重要になるからだ。

第三章で述べるが、子は女性が産むという最も基本部分が代理母によって衰退し、さらに、いずれ精子をとって子宮に代わる装置に植えつけ子を作ることだって可能になるだろう。あえていえば、クローンが発達して自分の複製を作り、自分の子と称する社会まで想定できる。白井智之『人間の顔は食べづらい』（平成二六年〈二〇一四〉、横溝正史ミステリ大賞最終候補作）は、世界中で膨大な死者が出た新型コロナウィルスの感染を予見したかのような物語の設定に驚かずにはいられないが、動物の肉を食べるとウィルスに感染するため、自分のクローンを作ってそれを食べるという恐ろしいミステリーである。

先に、この社会において、何かを判断する場合の中心に消費があることを述べた。しかし消費を前面に出すと自分の利益のためにやっているようにみえてしまうから、表面からは隠している場合が多い。

たとえば、生活が豊かに楽しくなるように、部屋を飾り立てるため、壁紙を替えたり、花を活けたり、ちょっとしたいわゆるアートを買う。そして気分を変えるため、しばらくすると買い換える。買わせることに、楽しみという価値を与えて、購入意欲を起こさせる仕組みになっている。野菜さえ農家の人が食べてもらおうと心をこめて作ったと付加価値を与えられ、購入意欲をかき立てている。心も売り物になっているのである。

いいにしろ悪いにしろ、現代社会はこの消費社会であることを免れない。消費は生産と対語になりうる。生産して製品を作り売ることが社会を活性化し、豊かにすることになる。消費者の購買意欲を増加させるには新しい商品を作り、これまでとはちょっと違う売り方をみせることをする。このようにして、常に新しい商品を作り、売るためのかっこいい文言を発し続けねばならない。

この高度に発達した消費社会における現象に対しては、まず金を使わせ、消費させるためと考えてみなければならない。コロナ禍において「経済を回す」という言い方が普通になったが、何でも儲けの対象となり、お金が回っていると考えるのがわかりやすい。この怖さは常に回り続けていなければならないと考えてしまうところにある。より多く売るために常に新商品を開発し続けなければならない。

私がそういうことに気づかされたのは、一九九〇年代のことだった。山梨の甲府に講演で呼ばれ、地元の人が車で方々案内してくれたのだが、たまたま葡萄畑を通った際、葡萄畑も数年に一度というペースで畑のすべての木が植え替えられるのを聞いた時だった。そういえば、私が好きな種なし葡萄は最近食べていないと言うと、その品種はすでに作っていないという。次々に新しい品種が開発され、古いものは廃棄されるという。農家も畑全体で新しい品種を植えて数年して商品が実っても、採算がとれるようになってしばらくしたら、また新しい品種を植えなければならないのでたいへんだと聞いた。この頃は一房三、四千円とかいう品種が売りに出され、それなりに買われている。この新商品の開発は豊かな社会だから可能なのである。開発にはお金がかかるから生産者も豊かでなければならないが、銀行などから資金を借り入れ、借金は抱えている。お金がなくても新しい開発はなされなくてはならない。それが回るということなのだ。

多様性は、たとえばアート作家はいわゆる自分らしいアートを創るが、必ずといっていいほど買い手がつく。多様な人々がいるから、誰かには合うものがあり、買われるのである。つまり、いわゆるアートは多様な人々がいることで成り立つ。もちろんそれで生活できるほどの売れ行きになるには、それなりの数の買い手がいなければならない。バイトで稼ぐような仕事はいくらでもある。これも多様な仕事があるわけだ。ステータスとしてのアート作家がある。作家などと大げさな言い方で呼ばれるのも、固有な作品を創ることに価値を置いたものといえる。しかしこれらのいわゆるアートは適当に飽きられねばならない。いつも別のアートが求められ購入されるように。

このようなあり方において、アート作家はじっくり思索を重ねた作品を創るより、思いつき的な感性により傾いたアートを生み続けねばならない。しかもそれによって作家の独自性、つまり多様性のなかに埋もれてしまわないように、「自分らしさ」を主張し続けなければならないのである。そこでは多様性はちょっとした差異でしかない。それゆえ大衆性とほとんど同じ内容になってしまっている。固有性からそこを超えて人間という存在に行き着くような傑出した個性作品はむしろ嫌われる。それに向き合うことで鑑賞者自身が、自分をみつめることになってしまうような作品は暗いものとして遠ざけられるのである。

多様化を個性、独自性ということから言い換えてみると、自分と他者というような発想が否定され、他者にはさまざまあり、自分もその一人にすぎないというように、自分と社会との関係を考えていることになる。自分と他の人が差異化されるといえば、個性と同じで、誰でもが個性をもっているということを社会の側からいったにすぎない。

その意味では、多様性は突出する個性を抑えた言い方とみればいいのかもしれない。個性、独自性を均《なら》す考え方、感じ方といえる。このようにいえば、多様性は平均化する感じ方ともいえるだろう。個性の大衆化である。いわゆるアートが芸術としての質を低くしている。

第三章　平成の家族と人々

家族は、人間が形成するあらゆる社会にある基本的な単位である。だから、社会が混乱しているとき、最もたいせつに思えるのが家族であったりするし、家族こそが居場所になる。また家族の崩壊が社会の混乱に繋がる。

昭和五〇年代あたりから、子が両親を金属バットで殺すというショッキングな事件（昭和五五年〈一九八〇〉）があったように、家族が問題になっている。もうだいぶ前になるが、家族を象徴する「母性」を問う夏樹静子『蒸発』（昭和四七年〈一九七二〉）が書かれている。

いわゆる全国学園闘争の時代の終わった頃で、当時はウーマン・リブといわれていたが、男女差別をなくし、女性の力を認めさせようとする運動があり、女らしさ、男らしさ、母性などが歴史的な見方にすぎないというジェンダーの考え方に繋がっていく。

平成期には、ミステリーのテレビドラマが離婚した男性刑事と母方に引き取られた娘という関係など、物語の展開とは関係なく描かれるような場面に出会う。刑事は事件が起こると忙しく、家にも帰れない場合が多く、家のことを顧みないとされ、離婚となったり、妻の早死になどで子を育てねばならない刑事というような設定が組み込まれることが多くなった。女性刑事の場合は、離婚後の同居する娘との葛藤や、逆に理解ある娘という設定がやはり物語の展開に関係なく出てくることもある。

視聴者が求めるものと脚本家が考える視聴者へのサービスだが、物語の展開に関係なく、読者が求めるものと決めて、そういう場面を入れるのはレベルの低い通俗小説の常套である。しかしそういうことを社会が求めているということもあるはずで、それは現実的に家族が混乱しているか壊れているかを示すのだろう。社会が意図的に家族を最もたいせつなものとみなそうとしている、とはいえる。なぜなら家族は人間関係の最も基本だから、普通の状態ならわざわざたいせつなどという必要もないはずだからだ。

1　家族とはどういうものか――是枝裕和『万引き家族』

是枝裕和（一九六二〜）『万引き家族』は、映画が平成三〇年（二〇一八）にカンヌ国際映画祭でパルム・ドールを受賞した。最近亡くなった樹木希林（一九四三〜二〇一八）の最後の出演映画となった。この映画を見て、本書で取り上げようと思い小説にも目を通したのだが、筋はわかっていないながらおもしろく読めた。

物語が始まる時点では、一〇歳の祥太を中心に書かれ、父治、母信代、信代の腹違いの妹の亜紀、そして祖母の初枝で構成される柴田家が舞台である。家計は、初枝の親の遺族年金と、治が日雇いで、信代がクリーニング屋でアイロン掛けをして働いて賄われているが、治は働きたがらず、しばしば万引きをしている。亜紀はいわゆる風俗で働いているが、収入を家に入れてはいない。

初枝が五〇年住んでいる平家は、「周囲の家がバブル期にすべて高層マンションに変わったあとも、この平家だけは、くぼんだへそのように残り、立ち退くことも、建て替えることもないまま、やがて人々の意識からも消えてしまった」という状態で、都市のなかにひっそりとあり、そこに柴田家は目立たないように暮らしている。

八〇歳近い柴田初枝の家で暮らすこれらの人々は、初枝の元夫が結婚した後妻の子で二三歳になる亜紀以外まったくの他人である。もちろん血の繋がりもない。治は榎勝太、信代は田辺由布子で、信代が八年ほど前に日暮里のスナックでホステスをしていた頃、夫の暴力から逃げて一人暮らしをしていたが、店の常連客だった治が信代のアパートで同居を始めたという関係だった。その治がパチンコ屋で出会ったのが初枝だった。初枝には息子がいたが、結婚した相手の嫁とそりが合わず、息子とも疎遠になった。その息子の名が治、嫁は信代という名だったのである。

初枝の夫は女を作り、結婚して二人の娘をもつが、妹はさやかと名づけられており、家出した姉は柴田の家では亜紀と呼ばれ、仕事では妹の名さやかを源氏名とした。したがって亜紀は初枝と血の繋がりはない。初枝はその元夫の家を訪ねるたびに、三万円お金をもらっているが、使っていない。

祥太は幼児の頃の真夏に、母が車に祥太を置いてパチンコに行ってしまい、暑さで苦しんでいるとき、車のなかを物色していた治が見つけ窓ガラスを割って助けた。祥太は治の子として育てられ、一〇歳になるが、学校には行っていない。

この五人に、治と祥太が万引きの帰り、近くの古い五階建ての団地の郵便受けの下にいつも座っている女の子を連れて帰り、この家族に祥太の妹として加えたのである。その子は体中痣《あざ》だらけで虐待されているとわかる。信代は誘拐になるから返そうと、団地に連れて行くが、母親の「私だって産みたくて産んだんじゃないわよ」という言葉を盗み聞き、連れ帰る。女の子はりんという名が与えられ一緒に暮らすようになる。

このように、この家族はいわば擬似家族である。一人として血は繋がっていない。しかし初枝、信代を中心に、家族のような結びつきをし、また家族のような心の流れを求めている。信代は血の繋がりより「自分で選んだほうが、キズナは強い」、「血がつながっていないほうがいいこともある」、「血はやっかい」というようなことを思っている。そしてこの「家族のことを話す時の信代は、本当に穏やかな菩薩のような顔をしていると初枝はおもった」という。

最後に加わり、りんと名付けられた女の子が、この家族にしだいに心を開いていく過程が書かれている。たとえば、りんは腕にある火傷の跡を転んだと言っていたが、クリーニング店で働く信代のアイロンの火傷の跡を見て、同じような自分の跡を見せ、痛みがなくなるようにいつまでもさすってくれたりするようになった。

しかしこの家族がこのまま続いていけるはずはない。まず初枝が死ぬ。原因は確かでないが、高齢であり、老衰といえるかもしれない。この中心の喪失がこの家族の崩壊の始まりだった。祥太はりんと万引きをしようとして、見つかり、逃げて塀から飛び降り、骨折し、捕まる。家族たちも捕まる。そしてりんは元の家に戻され、祥太は施設に入れられる。暴力をふるう前の夫を殺していた信代はすべてをかぶり、逮捕される。

りんが行方不明だったことが世に知られたこともあり、この家族は注目を集める。テレビの記者のレポートでは、

初枝さんの遺体は死後数週間が経過しており、警察は他殺の可能性も含め、捜査を続けています。家族になりすましていた人たちが、いったい何を目的にこの家に集まっていたのかは、いまだ謎に包まれたままの状況です

というように、世間ではこの家族を理解できない。警察の取り調べも、宮部という女の警察官は、信代が子のいないことを捉えて、「ひとりの母親として絶対に許せないと誓った」

ほど、母親とは子をたいせつにするものだという観念を絶対化して、信代を追及する。

　この物語はりん（本名じゅり）が「誰かに呼ばれたような気がして」団地の外廊下の手すりから身を乗り出している場面で終わる。


　誰かの、声にならない声が冬の曇った空に響いた。

　呼んで。

　声に出して呼んで。


『万引き家族』の文庫本には「あとがきにかえて『声に出して呼んで』」という是枝の文章が付されている。それによると、「最初につけたタイトルは『声に出して呼んで』だったと思い込んでいた」とある。この最後の場面の言葉である。五歳のじゅりは自分の気持ちをうまく言葉にすることができない。母親、家族の元に帰ったじゅりは幸せになったのだろうか。この小説を読んだ、映画を見た者もそうは思えない。また親のいじめが始まるだろう。だいたい「産みたくて産んだんじゃない」子なのだ。

　呼びかけた「誰か」とは祥太かもしれないし、信代かも初枝かもしれない。心の通じる、心の許せる者たちである。じゅりは解体してしまった信代たちの家族を求めたのである。

親が子を産みたくて産んだのではないというのも、ないこととはいえない。母親が長時間、祥太を車に置いてパチンコ屋に行っていたことしかわからないが、そのままなら祥太は脱水症状になって死亡したかもしれないのを、治に助けられた。母親は、その時は育児放棄していたといっていいだろう。亜紀は妹が生まれ、自分より妹がかわいがられているように思え、屈折して家出してしまった。下の子が生まれて親の愛情を独占できなくなったところに生ずるもので、こんなこともよくあることである。

このような三人の子と実の親との葛藤はありそうもないとはいえないが、親はまだ自らの意思や考えをもたない子に対して、否応なく保護者でなければならない。親自身はだめでも周囲がしっかりしていれば子は育てられていくことはある。夫婦の親がしばしばそういう役割をする。したがってこの擬似家族という概念は、いわゆる単婚家族が一般的になった状態におけるものである。

単婚家族は、いわば夫婦そして子が緩衝なく外つまり社会のなかにさらされている状態になる。妻は母の妊娠、出産、育児などを自ら見ていたり、身内の親に教えられながら母というものを身につけていくのに、その親を遠ざけてしまうから、自分で考え、書物で学びをしていかねばならない不安を抱える。だいたい母親でも常に母親であることはできない。母親であることに疲れ、パチンコをやりたくなることもあるだろう。無理して母であり続けようとしても、母親とはこういうものだからそうするだけにすぎない。

それは母親を演じていることと同じではないか。ならば母親を演じる者、父親を演じる者、兄弟を演じる者というようにして、擬似家族は成立する。つまり母親とはこういうものだという過剰な幻想が擬似家族を生み出しているのだ。おかしな逆立が生まれている。擬似家族こそがほんとうの家族で、実際の家族は壊れているのである。

警察官の宮部は、子の母親の気持ちがわかるはずはないと、じゅりを誘拐した犯人として柴田の家族を追及する。その宮部が警察官として追及する姿を書くということは、世間もそちら側にあることを示している。もちろんジャーナリズムもそうだ。

警察もののテレビドラマで、離婚した母が刑事の仕事をしつつ、娘とうまく付き合っているという設定がとても嘘っぽいのは、ほとんどの視聴者が気づいているだろう。一方で、仕事熱心な男の刑事は家庭を顧みないとして非難されるドラマもある。われわれがこういう嘘を受け容れるのは、われわれ自身が家族をなしている自分を疑っており、その後ろめたさに家族とはこういうものだと過剰に観念化しているからである。

『万引き家族』は、家族とはどういうものかを真正面から問うている。

2　擬似家族──柳原慧『パーフェクト・プラン』

西村京太郎（一九三〇〜二〇二二）の警部補佐々木丈太郎シリーズ4『黒い家』（二〇〇一年フジテレビ）は、浜田徳次郎が問題を抱えた者たちや、どうしようもなくなっている者たちを養子にすることで救い、戸籍上の家族を構成している浜田家という擬似家族の話である。ここでは家族よりも擬似家族のほうが困っている者を救うことができ、しかも居場所を与えている。居場所という言い方では『万引き家族』もそうだった。

さらに柳原慧（一九五七〜）『パーフェクト・プラン』（平成一六年〈二〇〇四〉、「このミステリーがすごい！」大賞）もある。自分が代理母として生んだ子が虐待されていることを知り、その子をかわいそうに思い連れさる。その子の父は仕事熱心で妻や子を顧みないし、母は若いホストに入れあげて子を子として育てる気はない。女は信頼する張龍生の元へ行く。張は自分を拾い育ててくれた男を父として介護しながら暮らしている。そこに女の恋人である若い男も加わり、張の家は擬似家族をなしている。連れて来られた子もかわいがられ居心地がいい。

この話では、擬似家族だけでなく、子自体が代理母によって生まれている。家族の根幹は一対の男女の結婚と、男女の性行為から子が生まれることにある。子が生まれることで家族は存続していける。その意味で原理的には、家族は一対の男女と生まれた子によって成り立っているといっていい。

この話において、その根幹部分が疑われている。もちろん養子を迎えての親子関係も兄弟関係も、血が繋がらなくても家族は成立することはある。その場合は原理的な家族から派生したものとして、考えればいい。擬似家族は、家族は対の男女から派生するから、家族の中心である一対の男女も原則的に血の繋がりがないという点では同じで、子を養子とすれば普通の家族と変わらない。

しかし代理母は養母と同じでありつつ異なる。女は妊娠し、出産し、授乳し、という子とのかかわりにおいて、母性というような特別な価値を与えられてきた。だが、授乳はミルクに替えることがむしろ一般的になっている。代理母の存在は妊娠、出産という家庭内の特権を放棄することになり、家族内の母の位置を変えていくだろう。母は女である必要がなくなる。まったく血の繋がりがない家族となる。これは、多様性を認めようというと、すぐに挙げられる同性婚と関わるだろう。もちろん代理母による誕生の神秘性と関わる部分はおいておくとして、である。いわゆる何でも許容する、故郷みたいな母性幻想はいわれなくなるだろう。いや父、母という役割はなくなる。

このように家族は、母とは、父とはというように、それぞれのもっている意味が理念として取り出されて、それぞれが問われることになる。もちろん現代は、家族がどういうものかわからなくなっているからである。これは、家族を基本にして社会が考えられてきたが、家族を社会の基本に置く考え方自体が問われている状況をあらわしている。

結局、個人が突出して価値を与えられてきた状況によって、家族とはという疑問がよりもたらされているのではないか。男女の愛情によって結婚し、家族ができるのなら、愛情が冷めたとき、どうすればいいのか。家族は子をなしたとき、夫婦の愛情とは別の要素が加わってくることに対応を迫られる。

かつては個人を超えて家族が存続し、家の存続していくことに意味を見出していたのだが、それが意味を薄くしており、子をもうけることへの価値観は小さくなっている。個人に過剰に価値を与えると、結婚は不安定になり子も必要なくなるのだ。あらためて家族が問われている。少子化をおかしいというのなら、こういう社会がおかしいといわねばならない。

3 養父と養女——桜庭一樹『私の男』

家族とは何かを家族内部で問うている恐ろしい物語もある。桜庭一樹（一九七一～）『私の男』（平成一九年〈二〇〇七〉、直木賞）である。物語は平成五年（一九九三）七月一二日、北海道奥尻島を襲った地震と津波（M7・8。死者二〇二人）で民宿を営む両親と兄を失い、一人残された九歳の竹内花が、花の父親と従兄弟同士の父親をもつ二五歳の腐野《くさりの》淳悟に養女として引き取られ、紋別で二人で生きていく。そして、淳悟と花は性的な関係をもつようになり、それを土地の有力者である大塩に知られ、花が大塩を殺す。紋別にいにくくなって、二人は東京に出て来る。それを追って紋別の刑事が東京に出て来て、淳悟に殺される。二人の殺人は隠されたまま、花は資産家である尾崎美郎と結婚する、という物語である。

物語は平成二〇年の花と美郎との結婚当日から始まり、過去に遡っていくという展開になっていることで、淳悟と花が養父と養女でありながら性的な関係をもつことが自然であったかのように語られている。つまり著者の桜庭は、二人の性的な関係を否定的には書いていないのである。むしろ隠されていることで二人の危うさ親密さが増しているように書かれている。ここには根本的な問いがある。家族とは何かである。最近、ドラマなどで娘の結婚に父親が涙するなど、娘が父との関係の良好さを語る場合が多くみられる。父と娘がデートし、娘が父の腕にすがるといった具合である。原理的には父にとって娘は性的な対象でもある。しかし父と娘が結婚すれば家族は成り立たない。一般の男女になってしまうからだ。家族は父と娘、母と息子、兄弟と姉妹の性的な関係を禁忌《きんき》とすることで成立するのである（古橋「兄妹婚の伝承」『神話・物語の文芸史』平成四年〈一九九二〉ぺりかん社）。

禁忌にすることで成り立つということは、常にこの禁忌は犯される可能性が留保されていることを含んでいる。家族はむしろ親密さを増すことで禁忌を犯さないようにしていくわけだ。あまりに知りすぎることにより、性の対象としての神秘性を薄くするのである。

この『私の男』の物語は、親戚ではあっても実際の父と娘ではないにしろ、まさに家族の原点に燻《くすぶ》っている危うさを暴き出しているように思える。家族とはという原理的な問いがある。

4 家族は生活の基幹——奥田英朗『家日和』『我が家の問題』

家族が生活の基幹であることを自覚的に書いている奥田英朗の短編集『家日和』（平成一九年〈二〇〇七〉、柴田錬三郎賞）、『我が家の問題』（平成二三年〈二〇一一〉）がある。さらに『我が家のヒミツ』（平成二七年〈二〇一五〉）も同じテーマで書かれた短編を集めている。

会社が倒産して妻が仕事に復帰、自分が家事をやり、幼稚園に通う子の弁当を作ることがおもしろくなっていき、家事をこなしていく夫の話（「ここが青山」）、内職の仕事をもってくる若い男に少し心を動かした主婦の話（「グレーツフルーツ・モンスター」、以上『家日和』）、新婚の妻に過剰に愛情を示されている気がして帰宅前に喫茶店で本を読んでは時間を潰す夫の話（「甘い生活？」）、夫が仕事もできずに会社でばかにされているらしいことに気づくが、無事にこのまま暮らしていけることを思う主婦の話（「ハズバンド」）、父親と母親が離婚しそうなことを知り、友だちに親の夫婦仲を訊いたり、親が離婚して片親になった子に話を聞いたりし、結局、自分は弟と自分の受験の勉強などしっかりやっていくほかないと考える高校三年の女の子の話（「絵里のエイプリル」）、そして、新婚の夫婦がお盆の里帰りとして両方の親を訪ね、お互いが相手の親との関係を認めていく話（「里帰り」、以上『我が家の問題』）と、多様なシチュエーションの夫婦、子、家庭、家族をめぐる短編が収められている。

奥田の考えている家族を象徴するのが「絵里のエイプリル」だろう。両親が離婚しそうな状況で、その打開を考えるでもなく、これからどうしていくか、友人や学校の先生にまで話を聞き、結局、受け容れるしかないとわかり、どういう状況になろうと、ちゃんとしていこうと思うわけで、湿っぽくならない。家族であってもそれぞれが自立していくほかないと考えているからだろう。

「絵里のエイプリル」の、夫婦の離婚問題に直面している姉弟は家族、家庭の崩壊を前にして、自分たちそれぞれがそうなったらどうするかという対応を考えているだけである。子供たちは離婚を止めることもしていない。ということは、子供は家族、家庭を構成しているとはいえないことになる。離婚しても父は父、母は母だとするならば、家庭を構成していなくても家族ではあることになる。とすれば家庭と家族は分離して考えられるようになったといえる。それが可能なのは、離婚に子供が関与できないように、夫も妻も自律的な個人とみなされるからである。

ここにも作者の毒があるのではないか。いうならば、現在の日本の家族、家庭は子供がかわいそうなどという観念を先に立てて、夫にも育児の責任をもたせてかわいそうという情を育て、夫や妻の個人としての自立を妨げているのである。

夫婦は結婚して他人と一緒に暮らし出すわけだから、違和感が生まれるのが当然である。暮らし出して最初に違和感をもつだけでなく、実は、何年経っても二人は他人だから違和感が消えない場合もある。いや、相手の感じ方、思考などわかってきて、慣れてきてもそれが煩わしくなる場合もあり、一人でいたい場合がある。

「家においでよ」は、家における自分の時間や場所が必要なことを書いた小品である。三八歳の田辺正春は八年連れ添った妻と別居している。バブル崩壊後の就職難で子供服をデパートに卸す仕事になんとかもぐり込んだ、アパレル会社に勤める「平凡な営業マン」である。妻は自分の父の所有する投機用マンションの部屋が空いたため、そこに自分の家具類をもって移ったので、別に喧嘩をしたわけでもないが、子供もおらず、夫婦は別居している。妻は大手電機メーカー勤務のインダストリアル・デザイナーで、家具などの好みがあり、自分が買った家具類をもって出ていったので、夫婦が暮らしたマンションの部屋はがらんとしてしまった。

正春は気に入ったカーテンから家具を買い始め、キッチン用品も揃え、独身時代からもっていたオーディオ機器をグレードアップして揃え、実家の物置に眠っているレコード三百枚も引き揚げた。大画面のモニターも買い、映画も見られるようになった。

こうなると正春は、結婚によって諦めた音楽を聴いたり、映画を見たりする楽しみなど、学生時代に一人で気ままにしていた楽しみをふたたび存分に味わうことができるようになった。勤めの同僚で、麻雀をしたり飲んだりしていた仲間も正春の家に来て、学生時代に好きになったがそれ以上に求めてこなかった音楽や映画をあらためて聴いたり見たり、そして感想を言い合ったりして、正春の部屋は中年の男たちの楽しい居場所になっていった。

ところがある日、仲間の一人が毎日遅くまで何をやっているのかと妻に疑われ、正春のマンションへ突然妻を連れて訪ねてくる。その妻は正春の部屋を見て疑問も氷解する。その友人は、自分の家より同僚の家のほうが居心地がいいなんて妻には言えなかったのである。だいたい、

家に自分の遊び場が欲しければ、それなりの大きな家を建てられるとか、別荘を持てるとか、そういう甲斐性《かいしょう》が求められるわけよ。建売住宅で男の王国は作れない。マイホームは女の城だ

と妻を連れてきた同僚は言う。つまりサラリーマンが購入する家には男の居場所はないわけだ。だからどうこうということは、この短編には書かれていない。正春の妻は父のものであるにしろ一部屋でもマンションをもっており、大手電気メーカーに勤めるデザイナーだから、ゆとりがある。普通のサラリーマンでは男は書斎ももてない。

正春は振り返り、自分がかつて好きだったことを諦めてきたということは、相手もそうだったのではないか、自分の嫌なところなども黙って過ごしてきたのではないかと気づき、あらためて妻と話し合う。といっても、妻が嫌になるのは早食いなどということで、

いつかお寿司の出前をとったとき、わたしがお茶をいれてる間に自分の分を食べ終えちゃったでしょう。あれ、相当むかついた

というような些細なことだ。しかしそういう些細なことが、あるときどうしようもなく嫌になることがある。この小説では、家は「女の城」だから妻にとってはいいが、夫はどうすればいいのだろうか。ここには書き手の毒がありそうだ。

また「ここが青山」は、会社が倒産して、妻が勤めを始め、夫が家事をやり、幼稚園に通う子の弁当を作るのが楽しみになるという話で、夫がいわゆる主婦の役割をするようになった話である。この話は男でも女でも家事はできることを語っている。つまり夫婦の男は勤め、女は家を守るという分業は交換可能だということを語っているのである。

このように、奥田は現代が抱えている家族の問題をさまざまな角度から取り出して、方向を示している。

【昭和からのコメント】⑥：単婚家庭の家族

『家日和』『我が家の問題』はごく普通のサラリーマン家庭の抱えている問題を扱っている。その意味では、たとえば向田邦子の小品と通じているが、向田の作品はまだ男が

ある程度は権力をもっていた時代のものだ。奥田の書く家族、家庭が現代の平均的なものだとすると、ずいぶん違ってきているというべきだろう。

かつて、夫たちは家には居場所がないと意識することなく、仕事が終わった後は同僚たちと麻雀をしたり、飲んだりして帰宅した。妻たちは「女の城」である家で家族、家庭を守ることをしていた。そういう妻たちに家族、家庭を任せることで、夫たちは家には居場所がなく、帰って寝るだけでもよかったのである。

昭和の終わり頃だと思うが、定年で退職した夫をもつ妻たちは、家で毎日ゴロゴロしている夫を邪魔と思い、これまで夫の犠牲となってきたと感じ離婚することが増えてきたと話題になったことがあった。妻たちも自己について自覚的になり、定年になっていつも家にいる夫に「女の城」を侵されるのだから邪魔と感じるのは当然だろう。

しかし自分は夫の犠牲になってきたと感じるのは、社会における考え方が、夫婦共稼ぎが増え、夫も家事・育児に協力的というか、それらは夫婦の共同作業だというように変わってきたからである。そうなら当然、家は「女の城」ではなくなるはずである。妻と夫は家事の分担を決め、それぞれが自分の部屋をもち、好きにしていられるような環境が作られていかねばならないだろう。

外で働き、休日もいわゆる家族サービスをしている夫たちには家庭に居場所もない。

子と接触する時間もないから家族サービスをするのだという論は、個人としての夫は無視されている。「家においでよ」のように、ゆとりのある同僚の家を居場所として安らぎを得るほかないのである。

かつての妻たちは夫に隷属していたわけではない。歴史的に家庭の内は妻に任せられ、夫は家庭の外のことを扱う、いわば分業が基本だった。それが外を扱う男は家庭の代表であるかのように権力が強くなり、家庭を支配するようになった。身体的な力は男が強いという前提もある。男は強い力によって家庭、家族を外部から守った。

もちろんこれは男は、女は、という型があったからで、近代社会はこれを否定した。女も外で働くようになると、当然、家事は夫婦二人が分かち合うものになる。分業の基本型が崩れ、夫は家庭の代表ではなくなり、権力を支えるものはなくなる。後は夫婦二人で話し合ってそれぞれの家庭のスタイルを作ればいいだけである。

ただしこれは身体的な力の強さ、優位さが道具によって克服されるようになったという科学技術の進歩にも関係する。その意味でも、妊娠、出産、育児も含め、男女の性差はなくなっていく。

5 殺人は遺伝するか――佐藤究『QJKJQ』

恐ろしい家族のミステリーがある。佐藤究（一九七七〜）『QJKJQ』（平成二八年〈二〇一六〉、江戸川乱歩賞）である。主人公の市野亜李亜は一七歳の高校生で、両親と兄妹の四人家族。そして、家族全員がシリアルキラーである。

父親の市野桐清は殺人の研究をする殺人アカデミーに属している。このアカデミーは「人はなぜ、人を殺すのか。そしてそれは、どのようなパターンを形成するのか」を考察する「生きた殺人のフィールドワーク」をする機関である。

アカデミーは、法治国家は「力を独り占めする〈暴力装置〉」だから、国民の「殺人を制御するために、殺人を知り尽くす」必要が起こり、捜査よりも観察し、「殺人を犯した直後の人間を捕まえて、脳を調べる」。たとえば「殺人犯の脳においては、脳の原始層に当たる〈大脳辺縁質〉の暴走を調整して、攻撃性を制御する〈前頭前皮質〉の機能が低下している」というようなことを調べる。国家に必要な機関という。

少し展開を語らざるをえないが、実は、亜李亜は母を殺したシリアルキラーの糸山霧彰の娘で、シリアルキラーの遺伝子が亜李亜に受け継がれているか見定めるため、桐清は自分の娘にして観察している。つまり桐清は、亜李亜の血の繋がった実の父ではない。この物語は幼くして父が母を殺すところを見た娘が、自分を観察する男を父と信じていたことが救いで、シリアルキラーである家庭に育つ少女が自分を取り戻す話といっていい。

昭和の敗戦後のミステリーは、犯罪は個人が追い詰められた末に起こる、つまり人間関係や会社関係など、社会のあり方が原因で起こるという、いわゆる社会派が主流であった。やむにやまれぬ犯罪は戦争、敗戦後の体験を共有する社会として最もわかりやすかったのである。

この社会派はいつの時代、社会にもあり続けるが、個人を中心に据える社会は当然、個性や個人の特別な資質など、個人の固有性に価値を与えるから、犯罪も個人の性格ゆえとみなす考え方もある。

この方向は平成期に急速に発達した遺伝子という考え方と結びつくと、犯罪者の子は犯罪を起こしやすいという安易なものではなく、殺人も遺伝子によるのでは、という恐ろしい考え方に展開しうるだろう。もし芸術家の子は生まれながらにそういう資質をもつと考えるなら、殺人者の子もそう考えていいのだ。

私は全面的に否定するわけではないが、個人の未来を決定するこのような考え方には反発を感じる。歌舞伎役者の子が役者としてすぐれているとは思わない。かつての社会では技術者の跡継ぎは血筋より実力で選ばれ、家元の養子となった。家の観念がより強くなり家柄が固定すると、血筋が優先されるようになる。そういう家では、子供時代からいい環境で育てられるから、それなりにいい役者にはなれるだろう。といって資質があるかはわからない。プロスポーツの世界では、親子ともに名選手という例はほとんどないではないか。

『QJKJQ』はこの殺人者の子はその遺伝子をもつかという問いがモチーフとなっている。シリアルキラーの娘を自分の娘として育てながら観察し続けるという設定は、このモチーフそのものである。結論を言ってしまえば、桐清が観察していると、糸山霧彰はシリアルキラーだが、

ときに、きわめてプライベートな冷静沈着な行為。ときに、無計画で幼稚ですらある衝動的な行為。ときに、広く社会に向けられた行為。計算しつくされた面があり、ずさんな面があり、不特定多数の社会と関わる。

これらを合わせもつのは「標準的な人間」であることに気づく。桐清は娘亜李亜（糸山の娘希砂）に父霧彰はごく普通の人間であり、特別な遺伝子をもっているのではないと、

語る。亜李亜はシリアルキラーではないかという呪縛から解放されることになる。母と兄の殺人も亜李亜がそのように思い込まされていただけという。殺人は遺伝子によって起こされるものではない。

この物語はともに暮らしてきたことだけでなく、家族として繋がっているという信頼関係によって成り立ち、心のよりどころとなっている家族さえ、実は幻想でしかないという怖さを語っている。昭和の末期に世代の断絶などがいわれ、親子の信頼関係が揺らいだが、平成になって、回復する家族像が盛んにいわれるようになった。『万引き家族』のように擬似家族こそがその回復される家族像を語るといってもいい。しかし家族を内側からみれば、親は自分を監視しているのではないかなど、個人としての人間はそれほど楽天的ではない。そういう家族でも、親に裏切られながらも、やはり情が流れている。

さらに、この物語には国家論がある。父桐清を殺し、取り調べを受ける亜李亜は、

国家が人口の繁栄を目的とする以上、殺人は制御されなくてはならず、そのためには「起きた殺人」を最大限に利用して、社会的に〈抑圧〉をかけていくことが望ましい。が、〈抑圧〉は同時に〈誘発〉にもなりうる。

と、父の言葉として語っている。繰り返すが、父市野桐清は殺人アカデミーという国家の秘密機関に属し、殺人の予防のために働いている。いわば現在の社会、国家を維持していくための役割なのだ。しかしこの研究は先の殺人の遺伝子はないということ、そしてこの起きた殺人を利用して社会に「抑圧」をかけても、一方で殺人を「誘発」することにもなっているというのだから、国家にとってもたいして有意義な研究とはなりえない。

この物語がその後、展開するとしたらどういうものになるのかはわからないが、とりあえずは否定的に語られているとみていいだろう。そうはいっても、国家は個人や家族を犠牲にしても社会の存続・繁栄のために動いていることの不気味さが残る。「殺人アカデミー」というミステリー好みの機関の設定は、なかなかみごとに思える。

6 喪失の介護──葉真中顕『ロスト・ケア』

結婚し子をもうけその子が成人するまでは、家族に夢というか未来があるとしても、育てた親が老いて認知症になれば、子には介護が課せられてくる。老人介護は家族にとって避けることのできない問題となっている。

葉真中顕（一九七六〜）『ロスト・ケア』（平成二五年〈二〇一三〉、日本ミステリー文学大賞新人賞）は、老人ホームの介護士が認知症の老人を家族のため本人のためと次々に殺していく話で、母親を殺された娘、施設の介護士、老人介護施設の経営に携わる者、若い検事など、異なる立場の目からの見方、感じ方が語られ、検事と犯人の対決がこの話のモチーフを示すことになっている。

認知症の母の介護で仕事も限定され収入も少なく、そのうえ離婚して娘を育てている中年の女は、母が殺され介護から解放されて正直ホッとした自分に気づく。この感覚と続いて起こる、ずっとそう思っていたかもしれない自分を責める思いの両方を感じるのが素直なところだろう。

だからといって、介護から解放されてホッとしたとはなかなかいえない。特に裁判では、母を殺された悲しみをいわざるをえないだろう。この物語は、そういう母を殺した犯人を非難する娘の姿勢は間違っていないが、それは心の一部であることを述べており、リアルである。

しかし検事の高校・大学時代の友人が介護施設の経営に携わっており、検事になった親友の単線的な正義感にその友人は違和感を抱いている。この検事の単線的な正義感はキリスト教に関係している。一神教では神は絶対である。神と悪魔の二元的な対立が思考の基本となる。多神教では信じる神は他の人には信じられていないかもしれず、しかも自分の信ずる神も複数あり、場合場合で信心が変わってかまわない。日本人は信仰を知らないといわれたりするが、これはキリスト教からみた信仰でしかない。検事は親友に、

人は誰かに教わったりしなくても、美しい花を美しいと思う。和音の調べは心地よいし、暗闇は恐ろしい。ここに理屈はない。人間は生まれつきそう感じるようにできているんだ。それと同じように、誰に教えられなくても、人は人を慈しむことや愛することを知っているし、人は人を殺してはいけないと思う。人が倫理と呼ぶものは、全てこういった人が生まれながらに備える善性の先にあるのだと俺は思うんだ。

と人間が生まれながらにもっている「根源的な善性」を説いている。この善性は人が生まれもっているものという。そして「和音の調べ」の心地よさを根拠とする。しかし「和音の調べは心地よい」というのは教会音楽に由来する。われわれの伝統的な音楽は、雅楽を聴いてみればすぐ気づくが、各楽器それぞれが自己主張し、競い合っているのではないかとさえ思わせる。

われわれだけでなく、アジアの音楽は和音なんて目指していない。和音をいいと感じるような感受性によって神を絶対視する一神教の教会で育てられたものなのである。近代が

西欧から始まったことによって、和音を心地よく感じる感性が育まれ、世界中に広まったが、日本やアジア、アフリカでは読経や琵琶、三味線のような濁った音も受け容れる感受性をもち続けている。明治期以来の学校の音楽教育によって西欧の音楽が染みついているにもかかわらず、である。

まずはミステリーが、この重い主題を真正面から取り上げたこと自体に感心する。光文社文庫の巻末に載せられている解説で、近藤史恵は本格ミステリーにおいて「社会派」は「鬼子」といっているが、本書を社会派と呼ぶなら、この世に生きている辛さをみつめて書くのが小説だとすれば、社会派などと名づけるより小説としてどうかを考えるべきだろう。かつてあった純文学という言い方には賛同しないが、言葉の表現で人や社会をどこまでどのように書けるかが重要で、ミステリーだろうがエンターテイメントだろうが、それが文学かどうかを決定するからだ。

【昭和からのコメント】⑦：音楽は世界に通じる？

ここで「和音の調べは心地よい」とすることとは、言葉の違いはなかなか超えられないが音楽は世界中に通じる、とよく言われることと通い合う。しかし、この物語の検事が立っている教養そして感性は、西欧的なものにすぎない。だからいけないというのではなく、歴史的なものであって、人間の根源的なものではないのである。現在の社会はほとんどの思想が歴史的なもの、つまりある歴史的な状況において考えられたもの、創られたものでしかないことを忘れて主張している。

「人は人を殺してはいけない」ということも音楽をもち出すことで真理のように書かれているが、音楽が歴史的なものなら「人は人を殺してはいけない」も歴史的なものとすべきことである。

「人」という概念自体、同じ社会のなかで人殺しはいけないのであって、外との関係においては対立が戦いとしてあらわれたりするように、人殺しも許容されていた。「人」という概念が人類をさすようになって、人殺しは世界規模でしてはいけなくなったのである。しかし戦争で大量に殺すのは正しいのだから、人権、人道などと同じに現実をみつめて備えねばならない。

7 老人を減らすには――曽根圭介『あげくの果て』

現代は、老人問題がますます深刻になっている。豊かになっていくにともなって、医学の発達、医療機関の整備、栄養摂取などの健康志向とかかわって、平均寿命はますます延び、老人人口が増えていった。ボケなどは昭和末期から問題になっていた。平成ではそれに加え、年金問題が大きい。老人人口が増え、新生児が増えないから、ますます社会保障としての年金が足りなくなる。自分たちが老人になったときには財源がなく、年金はもらえないのではという不安を、何人もの若い人から聞いている。

こういう状況を深刻に取り上げるのではなく、ブラック・ユーモアとして書いている曽根圭介（一九六七〜）『あげくの果て』（平成二〇年〈二〇〇八〉、日本推理作家協会賞短編賞）というミステリーがある。

舞台は二〇三〇年代から四〇年代頃、高齢者の徴兵制度のもと、七〇歳以上の全国民に兵役義務がある時代。若者の「アヲ」と呼ばれる過激な排老主義者青年同盟があり、「老人医療費を削減し、学費援助を充実せよ」という要求をしている。現在の政府の少子化対策の政策と一致するのがおかしい。逆に、高齢者徴兵制度の実態を知る老人たちの反対運動もあり、「敬老主義過激派組織」の「連合銀軍」もある。二つの組織はテロ活動もしているが、警察は老人たちの組織を弾圧している。

ちなみに、「アヲ」はもちろん共産主義者、社会主義を「アカ（赤）」といったのをもじった言い方である。「連合銀軍」は、全国学園闘争のあった一九六〇年代末に日米安全保障条約改定の政治闘争が重なり、闘争が終焉していくなかで、過激化した新左翼の共産主義者同盟赤軍派と京浜安保共闘革命派が結成し、交番を襲うなどして銃を手に入れ戦おうとした「連合赤軍」をもじった言い方となる。

この徴兵制度で召集された老人は戦地に送られる。だが、国と国で「普通の市民は殺さない」ように取り決めている「限定戦争」で、復員兵を見た者は誰もいない。もちろんミサイルが飛ぶのも、飛行機が来て爆弾を落とすのも見た者はいない。つまり老人は召集され、戦地へ送られ、国家を守るという大義のもと、殺し合いをさせられており、それによって、老人は減り、年金問題はある程度は解決しているのである。

しかし物語は、徴兵検査を受ける老人、金が必要でボランティアをしていた敬老組織を裏切り、特別警察「特高」に組織の中心人物を売ることになった中年男、サッカーのプロになるため高校に進学したいが金のない中学生と、三人の視点を立てて、その社会を書いている。老人問題だけを批判的に書いているわけではない。

この社会は、「特高」や「連合銀軍」が出てくるように、戦前以来の日本がイメージされている。この小説に書かれた社会は、現代の延長上にあるといっているようにも思える。民主主義社会も容易にファシズム体制に転化しうるのである。

8　引きこもり人間は異形——黒澤いづみ『人間に向いてない』

引きこもりを問題にした物語も書かれている。黒澤いづみ（生年非公表）『人間に向いてない』（平成三〇年〈二〇一八〉、メフィスト賞）は、母親がある日引きこもりの二二歳の息子の部屋を開けてみると、息子が虫のような異形な姿になっているのに出会う。最初に感じたのは嫌悪だとはっきり書いている。「人間がある日突然異形の姿へと変貌してしまう」という恐ろしい病「異形性変異症候群」（ミュータント・シンドローム）が数年前から突如として発生し、またたく間に全国に拡がったが、それが自分の家でも起こったのである。

フランツ・カフカの『変身』（一九一五年）を思わせる書き出しである。『変身』は、書き手がある朝目覚めると虫になっていたと始まる。この書き出しの不条理がこの小説のすべてといっていいほどである。『人間に向いてない』は、このカフカの『変身』を読んだときの衝撃が書かせたのではないかと思わせるほどである。

引きこもりのわが子は、自分とは異質の何かに見える場合があるに違いない。『ロスト・ケア』の書く、介護をしていた親が殺されてホッとする一瞬の感覚と通じているだろう。息子が異形のものになってしまった。その感覚が逆に、自分以外に守る者もいなくなった息子を守ろうと懸命になる母親の物語となったのである。

この母親は、子が「異形性変異症候群」になった親の会に参加するなどしていくなかで、自分の置かれた状況や周囲を客観的に見て、事実こそが重要だと自覚していく。つまりこの『人間に向いてない』も、虫になった息子をそのまま受け容れようという方向に落ち着くことになる。

『ロスト・ケア』にしろ『人間に向いてない』にしろ、家族の結びつき、情愛ばかりが語られるような現代において、いなくなるとホッとするような逆側の気持ちを取り出して書かれているところに平成期のミステリーの特徴があらわれている。少ないにしろ、極端に反対側から書いているわけだ。

家族の過剰な礼賛が嘘っぽいのは、家族で暮らしているわれわれは誰もが気づいているだろう。真面目に仕事をすれば家族にしわ寄せがくるのは当然である。ときにはそちらのほうが重要で、家族がほうっておかれることだってありうる。それは人間の精神世界に深く関わることで必然的に起こりうるのである。この家族幻想の空々しさを留保し、たぶん誰もがもつ逆側の気持ちを取り上げることになった。

9　犯罪と家族――一本木透『だから殺せなかった』

家族とは、という問いを新聞というジャーナリズムの記者の目から書いていくミステリーがある。一本木透（一九六一〜）『だから殺せなかった』（平成二九年〈二〇一七〉、鮎川哲也賞優秀賞）である。

全国紙の太陽新聞社会部が「渾身の力を込めて続けてきた連載・シリーズ犯罪報道・家族」で、第一部「被害者と家族」、第二部「加害者と家族」とともに好評で、第三部「記者の慟哭」が始まる。

そこに無差別連続殺人犯の自称ワクチンから手紙が来て、自分の「『殺人哲学』」を語り、言葉を歴史に残したい」という想いから、『リベラル派』とされ、権力構造と離れたメディアとして読者の信頼もある」太陽新聞の「シリーズ犯罪報道・記者の慟哭」担当の一本木記者に向けて、自分の殺人の謎を紙上で解明してみろと言ってくる。そして連続殺人犯と新聞記者との論争が開始される、という珍しい設定である。

結局、無差別な連続殺人ではなく、殺された三人はいずれも自分の子を虐待しており、その子の側に立った復讐という犯人の意図が明らかになっていく。真相を語ってしまうのは惜しいので、読んでもらうこととして、家族関係のことにふれておく。

記者の一本木透は、恋人の父が汚職に巻き込まれているのを報道して、恋人が自殺してしまったという体験をもつ。

つまり一本木は、真実を報道するというジャーナリストの役割と、恋人の家族を告発し、恋人を追い込んでしまう個人としての葛藤を抱えていた。このような葛藤は古くから意識されたもので、共同体に属する者としてのあり方と個人としてのあり方の矛盾でしかない。近代社会は個人に重点を置くから、個人を優先させる思考をもつ。

私の記憶に鮮烈に残っているのは、東日本大震災のときに津波の到来を告げるため半鐘を叩き続け亡くなった消防団員、家族を助けに行けなかった団員などがいたことである。現代の社会は家族を助けるために職を放棄した警察官を、称えないまでも当然という反応をするようなものと思われる。しかし実際には、社会としてはそちらを評価するかといえばそうではない。むしろ職に殉じた人を称え語り継ぐだろう。

この小説は、リベラルな全国紙の記者の一本木と、都内の市立大学に通う文学部三年生の江原陽一郎の二人を主人公として書かれている。最初は無差別連続殺人犯の犯人と記者一本木の紙上におけるやりとりなど、ほとんど一本木を主人公として展開するが、江原の父江原茂のもとに届けられた殺人予告を陽一郎が一本木にもっていったことから、この二人は接触することになる。

この江原茂、その妻むつみと息子の陽一郎とは血が繋がっていない。つまり三人の家族は誰も血の繋がりがない関係である。陽一郎は高校三年のとき、茂の日記から両親の子でないことを知り、悩む。そして三人で長野、群馬、埼玉の三県にまたがる三角山に登り、星空を眺めながら茂が自分たち夫婦には子ができないが、その原因を突きつめるのは止め、里子を迎えようと話し、山小屋の軒下に置き去られた乳飲み子を運命として受け容れ、子にすることになったと説明し、

　おれとお前は、血は繋がってない。他人同士だ。でもな、おれと母さんも他人だけど身内だ。父さんと母さんは結婚して家族になった。そしてこの山でお前を迎えた。
　おれたち三人は平等に他人同士だ

と話し、陽一郎も「他人」であることを受け容れ、「これ以上何も失わない、恐れなくていい、と安心できた」という。そして「僕たちは本当の家族になった」と陽一郎は思う。

このようにして、江原家は血の繋がりがないにもかかわらず強い結びつきの家族になった。ここに示されているのは、血の繋がりが家族を作り出すという本来のあり方がなくて

も家族はできるという考え方である。しかも「本当の家族」といっているのだから、血の繋がりを超えて家族とはこういうものだという観念があるといえるだろう。

この「本当の家族」とは、いったいどういうものだろうか。陽一郎の少年時代、茂は陽一郎とキャッチボールをすることが夢で、グローブを二つ買ってあったという。息子とのキャッチボールは、父親と息子の関係を象徴するものだった。

一九六〇年代の古きよきアメリカの家族の絆を描いた映画『フィールド・オブ・ドリームス』(フィル・アルデン・ロビンソン監督、一九八九年)が、トウモロコシ畑をフィールドとして亡くなった父とキャッチボールをすることをそのモチーフにしており、日本でも評判になった。私も一九七〇年代、息子とキャッチボールをしたものだった。だが公園や学校の校庭などキャッチボールができる場所はほかの子に危ないという理由で、次々とキャッチボールは禁止になった。

その頃から地区の少年野球チームが結成されるなど、キャッチボールは父子を象徴するものではなくなっていった。その意味でも、本書のキャッチボールは失われた父子の夢であり、「本当の家族」など観念的なものでしかないことの象徴といえるかもしれない。もっともこの見方は、物語のなかで陽一郎によってなされているもので、著者自身のものとはいえないかもしれない。むしろ私はそういう読み方をしてみたい。しかし茂の最もたいせつなものは家族というような発言もある。記者一本木はこのミステリーの書き手でもある。リベラルなジャーナリズムが家族については通俗とほとんど差のない考え方をもつような、リベラルな部分が現実を客観的に見られないくらい観念的になっている状況が感じられるのである。

10　家族の原理

私は日本古典文学の研究者である。たとえば『万葉集』ではイモはほとんど恋人、いとしい夫の意で、姉妹の年下を意味する妹の例はほんの数例しかない。しかしイモはやはり妹の意で、性的な関係をもっていけない妹なのになぜ恋人もイモというのか検討したりしてきた。

現代でも、妹ではないが、飲み屋などの女給を「ねえさん」と呼ぶことがあるが、この「ねえさん」は「姉さん」である。逆に女の側が客を呼び込む際に「ちょっと兄《にい》さん、寄ってらっしゃいよ」などと兄と呼ぶこともある。これらは禁忌の性的関係を匂わす言い方で、いわゆる普通ではない、危ない性関係をほのめかす表現である。

私は『古事記』では同じイモでも、同母の場合をイロモといい、異母妹の場合をママイモという区別があり、イロモとは結婚できず、ママイモは結婚できるという関係にあることを導いた。

これは社会人類学の調査による、男にとって交叉従姉妹（男からみて父方の従姉妹）は結婚してよく、平行従姉妹（母方の従姉妹）とは結婚できないというあり方が世界的に共通していることを明らかにした成果を応用し、さらに実際には交叉従姉妹でなくても、自分の結婚相手を交叉従姉妹をあらわす言い方で呼んでいるという報告もあることから、交叉従姉妹婚を理想と考え、古代日本において理想婚としてのイロモとの結婚という観念を導いた。ここまで考えれば、イモが妹の意でありながら、いとしい恋人、夫をイモと呼ぶのも解ける。

このようにして結婚と呼ばれるものが、親族のなかにおける性的な禁忌によって成り立っていることがわかる。兄弟と姉妹は、結婚しないことによって家族の兄弟姉妹となるのである。父と娘、母と息子もそうだ。親族をあらわす言葉は、夫と妻以外は性的な関係が禁忌なのである。そういう家族は他人同士である一対の男女から始まる。そして生まれた子を育てていくことで家族が形成されていく。

つまり家族は育て、育てられるという関係のなかで親密な関係を作っていく。それが家族の絆の根拠になるのである。その絆を象徴するのが血なのだ。最初の他人である一対の男女は子を産み、育てていくことで家族を形成するが、中心の一対の男女だけが血の繫がりをもっていない、他人であり続けることになる。これは家族の成員の性格づけをすることになる。親子と兄弟姉妹は性的な関係を禁忌とすることで、親密な関係になるのだが、この関係は特別で、普通の男女、他の人たちとの親密さよりもずっと親密になるだろう。柳田国男『妹の力』が述べるような、イモが兄弟に対して霊的な守護者の位置にあることも、結婚できないことによって倍加された親密さということで説明できる。

この問題を、さらに人間と社会というところまで降りて言い換えれば、男と女は存在が異なるから、対立と協調という関係のもち方をしている。家族ではその対立をなくし、協調が倍加されるのである。ここでいう対立とは実際に対立しているというより、存在が異なることで、互いに違和をもつことをいう。

もう一つ、人間社会はなぜ家族が必要だったかといえば、他の動物と同じに種の存続が絶対的だったからである。この世の生物であるかぎり、子孫の生産は絶対的なのである。そして人間は成長に時間がかかり、そのため子を守る家族が必要だった。

敗戦以前の日本の社会には、家という観念が強くあり、それが家族を支えていた。現代社会は個人を軸に据えようとするから、結婚は子を生産するものではなくなった。子は愛の結晶などといったりするのは、子はいなくてもいいからである。互いの愛情こそが家族を成り立たせる根本というような考え方は、近代以降の社会のものである。互いの愛情を元に置けば、心変わりは離婚になる。

子は二人の邪魔になることはありうる。子の存在によって別の女か男との恋愛が妨げられるとき、愛が絶対化されていれば、離婚になり、子はどちらかに帰属することになる。二人の愛を重くみればみるほど、子は邪魔と考えるほうが自然だろう。この愛を絶対化した社会において家族は必要なくなるのであろう。

最近騒がれている少子化なるものは、必然的なのである。まして多様性などといって、同性婚を認めることも少子化とは逆の方向というべきだろう。結婚は子孫の存続のために遺伝子として組み込まれたものに規定されている。つまり生物としての人間の制度なのである。

あらゆる生物は雄雌の生殖活動によって子孫を残していくことを本質としているのに、人間はそれを否定した。動物の生殖行為を、愛の表現というように人間の行為に取り込むことをした。これは、文化を意味するカルチャーが耕す、つまり自然を人間が作り変える、自然を開拓することが文化だという論を思い起こさせる。西欧では自然を克服することが文化であり、いわば野生から文化へが、人間なのだというのである。繁殖のための性行為を愛という、いわば精神性の側からの価値を与えることで自然から文化にしたのである。

少なくとも、日本は開発を神々の領域に対する侵犯と受け止め、神々と競合する文化をもってきた。私の考えでは、日本は郊外という境界的な空間をイメージしてきた。郊外は人々の食糧となる穀物、野菜等を栽培する空間であり、野の草が芽吹いたというと野に出て、若菜を摘んで食べたりするように、自然の力を身につけたり、季節の変化を感じる場所でもあった（古橋『古代都市の文芸生活』大修館書店）。

つまり、荒ぶる自然は畏怖すべきで、そういう自然が緩和される郊外でこそ自然と接触する文化である。こういう文化は自分たちも絶対化しないし、神々も絶対化しない。互いに接触する方法をみつけるわけだ。

人間を絶対化しないことである。二〇世紀には抽象的な人権という考え方が突出しすぎてしまった。人間も他の生き物と等価値で、生き物の一つにすぎないというところまで、人間を後退させる見方があってもいい。日本では少子化といっているが、世界規模では人口は異常に増えてしまった。一九五〇年代には二〇億人だった人口が、現在は九〇億人になっている。

この異常な増加は、世界の生き物のバランスを壊している。普通ある種が増え過ぎれば、必ず疫病が流行ったり、異常種が生まれたりして減少していく。それが医学の進歩、環境の改善によって人間だけが異常に増加した。エネルギー問題もこの異常に増えた人口によるところが大きい。その意味で、まず人口の減少が求められる。そしてこれまでの近代を振り返ってみることである。

これはそれほど難しいことではない。われわれは古くからそういう文化をもってきた。たぶんアジア諸国も同じである。少しだけ立ち止まって、この経済に振り回されることをしばらく止め、生き物の一つである人間として地球規模で世界を振り返ってみればいいのである。

第四章　歴史を求める

平成期のミステリーには歴史を振り返るものが多い。平安時代に書かれた歴史書に『大鏡』があるように、「歴史は鏡」という観念がある。鎌倉幕府の歴史を書いた『吾妻鏡』もある。「歴史は鏡」というのは、現在のできごとを考えるのに、似通った事例を過去に求め、参考にしたり、従ったりすることをいう。裁判の判例が典型的なそれである。

犯罪捜査は必ずといっていいほど過去に遡る。なぜその犯罪が起こったかの原因を過去に求めるのが最もわかりやすい。だから犯罪小説は過去を探るものが圧倒的に多い。しかしそういう個人の過去というだけでなく、その個人の過去もある時代においては必然的なものと考えれば、歴史を語るともいえそうである。

平成期には、現在起きている犯罪を歴史の一コマに位置づけるミステリーが多くみられる。事件の背景を書くために過去の時代を語ることもある。なぜ、平成期に歴史をテーマにしたものが多いのだろう。それを考えることは、「平成とはどういう時代だったか」を探ることにもなる。

1 戦後の影――三浦明博『滅びのモノクローム』・望月武『テネシー・ワルツ』

昭和期のミステリーに第二次世界大戦の影を引きずるものが多いのは、その戦争が深く社会に影響を及ぼしたからである。第二次世界大戦は世界中の共通体験であり、戦争だけでなく敗戦体験も共通体験としてしばしばもち出された。さすがに終戦後、五〇年近くも経った平成になると大幅に減るが、二一世紀に入っても戦争の影がこの社会には引きずられている。例として、三浦明博（一九五九〜）『滅びのモノクローム』（平成一四年〈二〇〇二〉、江戸川乱歩賞）をあげておこう。

元特高の月森進之介の孫冴子は、物置に古い白黒の一六ミリのフィルムをみつけ、政治家として嘱望されている伊波健一郎の活動の宣伝用に使おうとする。その暗いフィルムは冴子の祖父進之介が保管していたもので、戦争中、特高だった進之介の上司の伊波健一郎が外国人の二世を殺したことを証明するものだった。政治家として活躍した健一郎の跡継ぎとしては正妻の息子の子、つまり直系の孫健吾がいるが、ずっと汚い仕事を引き受けてきた妾《しょうふく》腹の息子辰巳毅が、そのフィルムを冴子から奪って破棄しようとし、冴子も狙われるという話である。

戦争から半世紀も経って、戦争中か戦後間もない頃に生まれた第一世代の次の世代、つまり戦後の二代目の戦争をまったく知らない世代が、祖父の若い頃の体験を明らかにしていくことによって、戦争が身近に感じられていくという話なのである。

冴子の父は戦後の第一世代で、昭和一八年生まれの私と同じである。私は戦後を生きてきたので、子供の頃の体験として防空壕、爆撃によって骨組みだけ残った廃墟など、戦争の跡を知っている。物乞いをする傷痍軍人、MPなどの占領軍の兵士なども見ていた。戦争は身近だったのである。しかし私の子になると、そのような光景はほとんど知らない。私もほとんど話したこともない。

したがって、このような物語が書かれるのは戦争、戦後体験の希薄化がある。戦後昭和期のミステリーには、罪を犯した者の心情は過去の戦争、戦後の体験が示されれば共感を得られるという状況があった。私の母の姉の夫は南洋の島で玉砕したと聞く。親族、親戚に戦争関係で亡くなった者のいない日本人はほとんどいないのではないかと思われるほどである。三百万以上の人が亡くなったのだ。そして戦後の社会の混乱も人々に共有されるものであった。平成になって、敗戦後四四年が経ち、共有感は薄らいできた。

ミステリーとはいえないかもしれないが、孫が、零戦のパイロットで特攻で亡くなった祖父のことを知る老人たちに話を聞いてまわる百田尚樹（一九五六〜）『永遠の0』（平成一八年〈二〇〇六〉）もある。

孫は平成の時代に育ち、戦中・戦後の社会を体験した祖父母はなく、しかも体験者の話もほとんど聞いていない世代である。この世代が、戦争・敗戦後が風化していくなかでその記憶を繋ぎ止めようとしたのである。

しかし気になることがある。冴子が祖父に「どうして戦争に反対しなかったの」と訊く。祖父は「戦争がはじまる前に、身動きできんような法律（国家総動員法）が、すでにできてしまっていた」、「国を挙げてのその暴挙には、このわしも加担していた」と応えている。

この応え方は、戦前の体制は間違っていたということであり、「国を挙げての暴挙」と言っているが、ここには現在からみる、戦争は絶対悪いという考え方が過去に投影されている。この時代の人々には、欧米が無理難題をもちかけ、中国を侵略していったという認識がある。イギリスの香港租借もそういうなかでのことだった。祖父の「わしも加担していた」という応えは正しいが、その時代にそんなことは考えていなかったはずだ。

だから祖父の冴子の問いに対する応えは、当時の世界、日本の当時の社会を歴史的にきちんと語ること以外にない。「戦争は悪い、無くすべきだ」という願いは人類の夢だと思うが、だからといってなぜ戦争が悪いのか、絶対化していいものかどうか、深刻に問われたことはどのくらいあるのだろうか。人を殺すからといえば、なぜ人を殺してはいけないのか、ちゃんと応えられる者はどのくらいいるのだろう。

二一世紀になっても、ロシアのウクライナ侵攻があり、日本が「戦争は悪い」からロシアは悪者だというのはまだいいとして、イスラエルのガザ攻撃は、アメリカが支持するとなると、「戦争は悪い」は絶対的なものではなく、相対的なものにすぎないといわざるをえなくなってくる。そんなことは少しでも真面目に考えればすぐにわかるはずで、「戦争は悪い」は理念的なもの、つまり抽象的なものでしかない。そんなものを絶対化して言うところが気になる。

たぶん、『滅びのモノクローム』の作者はこういう問題をそこまで考えていない。「戦争は悪い」は正しいことであるだけで、内実がない。内実を支えるのはこのテーマを考え尽くすことなのだ。

「人を殺してはいけない」も同じで、ヨーロッパでは死刑を廃止するところまでいっている。日本でも議論にはなっているようだが、まだ多くはそこまでいかない。こういう絶対的な正義が内実もなく多く語られることが目立つ、それが平成期なのではないか。

とにかく現在の時点で正しいとされていることを、過去に投影して非難するのは絶対にしてはならないことだ。ある時代・社会には、その時代・社会なりの正義がある。その社会に生きていない自分にはそれはわからないと考えることが基本である。その時代に自分がいたとすればという仮定は、歴史を否定する見方なのだ。歴史を超える絶対的な正義などないというのが、日本の文化・思想の基本にあるものだった。

戦中だけでなく、戦後の影を語る望月武（一九六八〜二〇一五）『テネシー・ワルツ』（平成二〇年〈二〇〇八〉、横溝正史ミステリ大賞テレビ東京賞）もある。横須賀で撃墜されたグラマン戦闘機の操縦士ロバーツ・ジョンソンが、土地の住人三隅早苗に助けられ匿《かくま》われているうちに心が通じるようになる。しかし、密告され、ロバーツは逮捕される。敗戦によってロバーツは助かった。一九五二年、早苗はロバーツが横須賀にいることを知り、ロバーツが通っていると聞いたバーに行くが、すでにベトナムに出征しており会えない。早苗はレシートに、「いつかまた、お会いできる日を、心よりお待ち申しております三隅早苗」とボールペンで書いたメッセージをロバーツに残す。後に偶然このメモを手に入れることになった馬渕晴男が早苗を強請《ゆす》るが、逆に殺される。

馬渕と親しかった川村孝之は馬渕のもっていたこの古いレシートや、江利チエミの「テネシー・ワルツ」のSP盤のレコードやフィルムを調べ、また馬渕が高級老人施設鶴寿院に行っていたということがわかり、その施設を調べ、早苗も関係していたこともわかり、戦中・戦後の過去が明らかになっていくという話である。

この話も戦争中の捕虜の扱い、それに関わってしまった住人の心の交流という同情したくなる問題よりも、戦中の想いをもち続けた女性が捕虜だった米兵と逢おうとする、いうならば淡い恋に焦点が合わされ、まったく関係ない戦後の第二あるいは第三世代かもしれないが、とにかく戦争も戦後も知らない世代が戦中・戦後を明らかにしていくという展開をしており、『滅びのモノクローム』と通じている。そちらでは祖父となっていた存在が老人施設となっているところも、似通った構造である。

このミステリーは、横溝正史賞を受賞しテレビドラマになった。そのドラマは早苗が米兵と日本人女性のカップルのいる店で、ビールを飲みながらジュークボックスから流れる「テネシー・ワルツ」を聴いている場面から始まる。そして川村孝之は、このレシートが横須賀のバーのものであることを知り訪ねる場面もある。この場面もドラマでは基地の街からどの街にもありそうな繁華街へすっかり変わった情景が写され、まさに戦後の日本が語られている。横須賀は日本海軍の基地があったが、第二次世界大戦の敗戦後に米軍に接収され、極東の重要な基地とされ、現在に至っている。

横須賀、「テネシー・ワルツ」と、戦後を知っている人々にはそれなりになつかしい名である。なつかしさとは過去のものになったことを意味している。平成期には戦争だけでなく、戦後も遠くなっていたのである。

ならばなぜ彼ら第二世代は、こういう祖父の戦中・戦後の体験を書こうとするのだろうか。もちろん知りたいという想いをもったとしても不思議はない。しかしそれだけではないように思える。この問題が米澤穂信に受け止められている。

2　懐かしい昭和――米澤穂信『満願』

戦後が遠ざかることは戦後を懐かしむことになる。戦後というより昭和を懐かしむなかなか読ませる作品に触れておきたい。米澤穂信（一九七八～）『満願』（平成二六年〈二〇一四〉、山本周五郎賞）である。

昭和四六年（一九七一）、主人公の二〇歳の藤井は、大学三年から二年弱、畳屋の主婦鵜川妙子の家に下宿して、必死に司法試験の受験勉強をしていた。そして弁護士になっていた昭和五二年、その妙子が借金の返済を迫られた高利貸の矢場英司を殺した事件で、藤井が弁護を担当した。妙子が計画的に殺したかどうかで弁護し、藤井の言い分が認められ、結審する。後に藤井は、妙子が実家に伝えられていた殿さまからもらった家宝の掛け軸を殺人の証拠品として保管させようと企んで、殺したときに飛んだ血をつけた、計画的な殺人だということに気づく、という話である。

話としてはおもしろいが、事件よりその背景の学生時代の下宿先のおかみさんに淡い恋情を抱いた、いわば青春の物語としてよく書かれているといっていい。下宿は二階建ての日本家屋で、二階の二間を自由に使ってよく、本が多く置けてありがたかった。妙子はいつも和服で、夏は西瓜を用意したからと階下の風通しのよい部屋に誘われる場面など、像が浮かぶ。

私は下宿したことはないが、昭和に育った世代にはすぐ浮かぶ光景だった。そして一生懸命勉強しなさいという、しばしばかけられる言葉も不自然に感じられない。個人の努力によって本人が豊かになるだけでなく、社会全体がよくなるということをある程度信じられた時代だったのである。昭和の三、四〇年代はそういう時代だった。

しかし昭和四〇年代には、私の母はほとんど和服を着ていなかったし、周囲の女性たちもそうだった。和服を着ている女性は少なくなっていた。昭和四六年には私は大学院生で、これからどうしていくかという時代だったから、この藤井の心持ちと通じているが、和服については少しずれがある。どうしてこういうずれが起こったのだろうか。

米澤は、昭和も終わりのほうの五三年（一九七八）生まれで、主人公の藤井は昭和四六年で二〇歳、『満願』の現在が、米澤の生まれる前の年の昭和五二年である。『満願』で懐かしさを書いた昭和四〇年代には米澤はまだ生まれていないのである。

主人公の藤井は昭和二六年生まれ、戦中・戦後の第二世代に近い。この世代が『滅びのモノクローム』や『テネシー・ワルツ』の主人公の世代だった。そして米澤は、藤井より二七歳も下である。つまり第二世代より下の第三世代とでもいえる世代なのである。この世代が、第二世代の生きた昭和という時代を懐かしさとして捉えた。しかしその時代は戦中・戦後の辛い時代でもあったはずである。この『満願』が語るのは、その辛さも含め懐かしさとして振り返られたということであった。

なかなかみごとに創られている場面にも触れておこう。大学生の藤井と人妻の妙子の唯一のデートともいえるのは、深大寺の達磨市へ行ったことだった。その市で妙子が買った達磨が、殺人の時、殺しを見ないように向こうを向いていた。藤井の、下宿のおかみさんへの憧れが、妙子の淡い恋情を感じ取ることを可能にし、しかも達磨を動かしたことによって、妙子の殺人と藤井が確信できる根拠になるのである。ただ懐かしかったのだ。苦い思い出にもなった。藤井は妙子の計画的殺人とわかることで達磨の思い出とは決別できたのではないか。

3　敗戦後を意識しない世代の登場――米澤穂信『氷菓』

先にも述べたが、米澤は昭和五三年生まれで、戦後の第三世代といってもいいような世代である。『満願』で戦争よりも昭和を懐かしむ小品を書いたのも、そういう世代だからなのだろう。これまで共有されてきたことをちらつかされて育った世代の最後のほう、ちらつかされた戦後を知らないことに後ろめたさを感じない世代といってもいいかもしれない。その米澤が昭和四三、四年（一九六八、九）の学園闘争を振り返っている。

地方の進学校の県立神山高校が舞台で、古典部に入部した一年生四人が文化祭に文集を出そうとして過去の文集を探しているうちに、三三年前（一九六八年）の学園闘争を掘り起こすのが『氷菓』（平成一三年〈二〇〇一〉。角川学園小説大賞〈ヤングミステリー＆ホラー部門〉奨励賞）である。全国学園闘争は、終末期の陰惨な内ゲバが取り出され、自分勝手な暴力学生たちの騒ぎとしてばかり書かれることが多いが、後の市民運動に繋がる。

参加したい者が参加したいときだけ参加する、自由な抗議の闘争である全共闘が主体の運動だった。「ベトナムに平和を！市民連合（べ平連）」という市民運動と通じる。内ゲバに象徴されるのは新左翼のセクト間の抗争で、たいして基盤のない小セクトである分、終末期には陰惨になる。

とにかく全国学園闘争は全共闘が中心で、新左翼はそれに乗って日米安保改定に反対する政治闘争を掲げていた。一般学生が中心の日大全共闘の戦った民主化闘争が象徴している。ここにも角材をもった学生が登場するが、大学側が体育会系の学生に全共闘の学生を暴力的に排除させようとしたことで、暴力が前面に出たのであった。東大も、医学部の学生に対する処分の闘争に始まり、文学部の学生処分撤回の闘争に連動し、全学的に各学部の学生自治会がストライキを投票で決議した。

『氷菓』は、三二年前の学園闘争が、まさに進学実績が高校の評価を決めるような高校に対し、民主化、生徒の自主的な高校生活への参加などを求めてのものであったことを知るという話である。容易に読める数少ない資料として小林哲夫『高校紛争１９６９―１９７０』（中公新書、二〇一二年）がある。

大学の闘争自体、藤原伊織『テロリストのパラソル』（平成七年〈一九九五〉、江戸川乱歩賞、直木賞）以外目立ったものはなく、比較的多く登場するミステリーでは暴力学生と決まった評価になってしまっているなかで、この『氷菓』は学園闘争の内容を知っていくという貴重なものになっている。

戦後、第三世代の米澤は戦中・戦後ではなく、全国学園闘争を、しかも高校での闘争を調べていくことをした。もちろん全国学園闘争では人々の共有する体験とはならなかったのだが。

4　警察の正義は相対的なもの――佐々木譲『警官の血』・西村健『地の底のヤマ』

敗戦後の歴史を、ミステリーと深くかかわる警察官三代の物語として書いた佐々木譲

（一九五〇〜）『警官の血』（平成一九年〈二〇〇七〉、日本冒険小説協会大賞、「このミステリーがすごい！」第一位）は重い作品である。

初代は、戦後の民主主義社会に奉仕する民主警察として発足した警察の募集に、復員して職がなくて応募し、上野署に勤務して町に尽くそうとした。その子も警官になったが、公安に配属され、潜入するために北海道大学に入学し、当時盛んだった学生運動をスパイとして調査、共産主義者同盟赤軍派の武装訓練を密告し潰すが、精神的に病むことになる。その子も都立大学を卒業後に警視庁に入り、警務に誘われ、係長をスパイすることになる。

初代が上野署に勤務していた頃の事件を追い、二代目が父の追っていたその事件を調べたため殉職することになり、三代目がやはりその事件を追って、初代が一緒に復員し警察官になった同僚に行き着くが、結局、正義だけで警察が成り立つわけではないといわれ、警察の正義も相対的なものであることを自覚し、そうなっていったのが戦後の警察の歴史なのだと思うことになる。戦後の警察は、復員した者が食うために警察に就職して町の交番に勤めたことから始まり正義を目指してきたが、警察にとって正義は相対的なものでしかなくなっていった歴史だったというのである。これは同時に戦後社会の歴史だったといいたいのであろう。

この三代の三人は、みな町の交番の駐在に帰っている。警官の原点は駐在なのだという主張である。もちろん駐在は地元の町の人々を守る働きをしている。

われわれが警察官に接触することはあまりなく、道を訊いたりする場合が多い。友人に麻雀に誘われ、ある町の雀荘を指定されたが、その店がわからず、交番で尋ねたところ、古く汚れた大学ノートを出してきて、探してくれた。町はどんどん変化していくからそれに従ってノートを訂正していかねばならない。そのノートにはびっしりその変化が書き込まれていた。

このようなノートが交番に伝えられていることを知った。これぞお巡りさんだ。警察の正義はこのような町との繋がりを基本にして成り立っているのだと思わされた。つまり正義が相対的になったとき、交番も心のこもったものではなくならないか心配になるが、交番という市民の身近にいて町を見守っていくというあり方は変わらないのではないか。

この佐々木譲には、太平洋戦争直前の歴史をアメリカのスパイとして活動していた日本人を主人公とした『エトロフ発緊急電』（平成元年〈一九八九〉、日本推理作家協会賞、山本周五郎賞）というミステリーもあることを指摘しておきたい。

二代の警官の物語もある。西村健（一九六五〜）『地の底のヤマ』（平成二三年〈二〇一一〉、吉川英治文学新人賞、日本冒険小説協会大賞、福岡県文化賞、大牟田市市政功労者表彰）は、石炭から石油へのエネルギー転換によって、筑豊の三池炭鉱が規模を縮小せざるをえなくなり、人員整理をめぐって労組と衝突した時代も含まれている。一九五九年から六〇年のストライキには全国から支援の労働者が集まった。それに対して会社は、第二組合を作り労働者を分裂させ、また暴力団を雇って第一組合を攻撃し、第一組合は停滞せざるをえなくなっていった。

そういう争議などもあり、三池炭鉱が閉山し、さびれていく。そうした地方都市の現在に至る歴史が、警官二代目の猿渡鉄男を主人公として語られている。アカには批判的だが、旧組合員も新組合員も暮らしている町で、町に尽くす警官としてはイデオロギーとは別の目をもって任務を果たしている姿を語っている。

一応『警官の血』は、東京が舞台で警視庁という首都の警察を語るゆえ、三代にわたる警官の物語が日本の警察の歴史と受け取れるが、『地の底のヤマ』は炭鉱という産業を中心にした大牟田市という一地方都市を舞台にする戦後の歴史で、警察の歴史ではない。

しかし二代の警官を据えることで、対立する労組のどちらに立つということもなく、国家の権力からも少し離れて、地方都市の歴史を生活者の側から語ることが可能になっているといえる。

5　貧困からの脱出——宇佐美まこと『愚者の毒』

事件の発端が九州の炭鉱の話なので、宇佐美まこと（一九五七〜）『愚者の毒』（平成二八年〈二〇一六〉、日本推理作家協会賞）も取り上げておきたい。こちらは炭鉱労働者の側から書かれている。

先の三池炭鉱の争議は、石炭から石油へのエネルギーの転換による事業の縮小で、全国的なものだった。昭和三四年（一九五九）から三五年にかけて労使が対立し、全国から労組の応援が駆けつけた、労働組合運動の日本における最大の闘争となった。ちょうど日米安保改定の時期と重なり、労使が激しく対立した。この闘争そして安保闘争の敗北によって、以降労働組合運動はしだいに衰退していく。

『愚者の毒』は、炭坑夫を父にもち極貧の生活をしている状態から逃れようと金貸しを殺して炭鉱町を出ていった娘と、かつて学生の頃に労働者の子たちへの教育支援に来ていた弁護士が東京で出会う。その娘を過去の犯罪によって縛り、意のままにしようとして弁護士は殺されるというように展開する。

貧困から殺人というのは、ミステリーの一つのパターンといってもいい。『愚者の毒』

の場合は、炭鉱労働者の住宅が造られたが、炭鉱は斜陽で仕事はあまりなく、また炭鉱事故で世帯主の男を亡くした家庭は貧困を生きるほかなかった。この炭鉱の町を脱出するには金貸しを殺すほかなかったのである。

この物語には、貧困の炭坑夫と金持ちの会社経営者という対立の図式がある。労組支援の学生たちは普通以上の家庭で育っており、貧困がわからない。つまりこの小説では、支援しても貧困者の心はわからないことが絶対化されている。それがこの物語を成り立たせることになっているのである。

平成期には、貧困はそれほど目立たなくなっている。私の小学校時代、バラックのような建物で暮らす人もおり、垢じみた汚い子もいて、災害があった場合には、小学校を単位にして家庭から古着を集め被災地に送ったりしていた。だが、日本は高度成長を遂げ、一九八〇年代、九〇年代にはそんなことはなくなっていた。

平成期はバブルがあろうと、少なくとも表面には貧困はみえにくく、全体としては豊かな社会になっていたといっていい。そういうなかで、この小説は最後の労働組合運動といっていい三池炭鉱の闘争を背景として、貧困からの脱出が戦後の大きなテーマであり、平成期の豊かさはそういう貧困の克服のうえに立つものであることを語っているようだ。

【昭和からのコメント】⑧：貧困という概念

貧困という概念は、西欧の市民社会で生まれた概念に違いない。日本の古典文学では貧しさは清貧という概念と関わり、欲しがらない精神、とらわれず、なるがまま、なすがままの自由な精神の態度と繋がっていた。仏教の乞食行《こつじきこう》を思い浮かべればいい。彼らは現実社会から外れた者たちとして最下層に位置づけられていた。

インドに行ったことのある人は、堂々と物乞いし、施しを受けてもお礼も言わず、へつらう態度もみせない乞食に出会っているはずである。なかにはカーストは単なる身分制度ではなく、それぞれの階層が誇りをもっている文化制度だと思い至る人もいるだろう。

私の体験でいえば、柴を束ねただけの箒が売られており、それを買っている母子に出会った。こんな箒は誰でもすぐに作れるはずで、これが売られているのは最下層のカーストの人々しか箒を作ることができないという制度があるからに違いない。貧困はいわば観念・文化の問題なのだ。そして傷んだアスファルトの路面を補修する工事の最終段階で、その箒をもった女が腰をかがめてアスファルトの路面を掃いているのも見た。

私自身は、差別は嫌いだし、身分制度も嫌いだ。しかしだからといって過去の社会を現代の見方から批判するのは誤りだと思っている。なぜなら歴史が否定されてしまうからだ。歴史は、あの時代の悪いところを直して次の時代があるというものではない。この見方だと現代は最もよい時代になる。そんな見方は過去を蔑視するものだ。どの時代や社会も、人々はその社会が抱える問題を受け容れながらそれなりに活き活き生きている。

その社会に比べ、われわれの社会がすばらしいかどうかはわからない。われわれの社会にも多くの問題がある。その問題が解決されてもまた別の問題が生ずる。それぞれ違う人々が集まり社会をなしている以上、問題は必ず生まれるものなのだ。

市民社会はいわゆる中流階級を生み出した。身分制社会は血筋が社会における地位を決定する社会だから、支配層だけが突出して富を蓄積し、それ以外の層は成り上がって富を得た者も擬似的に支配層の血筋に組み込まれることになる。市民社会は身分制を否定し、富をもつ層が形成され、社会の支配層になるから、その支配層以外では中流階層として社会を支える者たち、さらに実際に労働をする労働者階級も形成された。この労働者も技量をもつ者が新たな層を形成し、単純労働をする者が下層に追いやられていく。

単純労働だけでなく、なじめない者、病弱の者などがそれなりの数になり、さらに下層を形成するだろう。これが貧困者となる。つまり市民社会のなかで富裕層が成立し力をもつことで、貧困という負の概念が生まれたのである。

6　地方の歴史を振り返る——桜庭一樹『赤朽葉家の伝説』

一地方の歴史を古代まで遡って語る桜庭一樹『赤朽葉家の伝説』（平成一八年〈二〇〇六〉、日本推理作家協会賞）がある。島根県の、出雲以来の製鉄の家の現代に至る物語である。赤朽葉家は朝鮮半島渡来の製鉄技術で出雲に位置をしめ、近代には新しい製鉄技術によって生き延びるが、現代には製鉄技術だけでは企業としてやっていくのは厳しく、揺らぎながらも続いている現状を語る。

しかしこの物語がリアルに語るのは、敗戦後の混乱から復興、高度成長、バブルの崩壊など、具体的な状況のなかでどのように変化していったかであり、赤朽葉家の嫁万葉の子たちがどのように生きていったかである。たとえば長女の毛毬は暴走族のトップとして知られたが、マンガ家としても名をあげ、赤朽葉家の経済的なピンチを救うことにもなった。赤朽葉毛毬が家業を補うことになる。こういうところなど、この物語では戦後の高度成長以降の地方の人々の生き方がリアルに語られている。

出雲の製鉄といえば古く大陸から技術が渡来し、大和と対立する勢力になったが、大和に服属しつつ、独自の文化をもち続けてきた歴史がある。江戸期以降、東海道を中心として、太平洋側に都市が造られていくことで、日本海側は雪深いこともあり衰退していく。古くは日本海側は大陸の文化の入り口であった。古代においては、後に日本を形成する大和朝廷と並ぶ勢力をもっていた出雲だが、国家形成後は一地方にすぎなくなる。しかし、ずっと文化的な独立性を維持してきた。こういう地方から日本の歴史を考えてみようというのが本書なのである。

『赤朽葉家の伝説』は最後に、地元の短大を出た毛毬の子瞳子の、

わたし、赤朽葉瞳子の未来は、まだこれから。あなたがたと同様に。だから、わたしたちがともに生きるこれからのこの国の未来が、これまでと同じくおかしな、謎めいた、ビューティフルワールドであればいいな、と、わたしはいま思っているのだ。

と言わせることでこれまでの物語の語りたかったことをまとめ、さらに未来への期待が語られている。

この楽天性を支える論理が物語で示されているとは思われないが、一地方の歴史を語ることは他の地方もそれぞれ語れることを示しており、この多様性が「謎めいた、ビューティフルワールド」をもたらしていると考えることはできる。しかし、それでは歴史は必要

ない。多様性はそれぞれが違うという本質的な状態を認めただけの言い方で、それがどう働くのかにその社会の特異性があるのである。それを歴史性ということができる。

その意味でも、本書はさまざまな事象を語っただけで、ある社会が何を求めてそうなったのか、それに地域的な差異があるかなど、いくらでも問いは出せるが、投げ出されたままで、そのまま受け容れてそれを「おかしな、謎めいた、ビューティフルワールド」と言っているだけに思える。「この国の未来」もただ繰り返されるだけなのである。

人間社会はそうしたものかもしれない。ただ地球規模の温暖化も人間の営為によってだけとはいえないが、多くの生物が絶滅させられていっている。それもそのまま受け容れるものなのか、私は立ち止まる。

現代は、同じ生物でありながら他の生物を殺すことと同じではすまされない事態になっている。人間は責任をとるべきなのではないか。

【昭和からのコメント】⑨：伝承と歴史

『赤柠葉家の伝説』は歴史を「伝説」といっている。伝説というと地方に伝えられたお話というように受け取られがちだから、もう少し広く「伝承」と言い換えてみる。

たとえば、山奥の交通不便な場所にある村は、平家の落人が開いたという伝承があったりする。確かにこんな所に村がという場合、隠れて暮らしている人々の村ということで、落ち延びてきた平家の者が密かに暮らしているという伝承ができるだろう。しかし立ち止まって考えれば、たいていの人が気付くに違いないのだが、そういう場所に行った人がいなければ発見できないわけで、これは山奥まで人々が行くようになった、新たな交通路が開発されたから生まれた伝承と思われる。

たぶん古代から中世に変わる境目あたりの時代に、ほとんど立ち入らなかった山にも人が入るようになったのである。『今昔物語集』などに開発伝承がそれなりにみられる。つまり平家の落人伝承は、中世の初め、古代では禁じられていた山に入ることで起こり、新たな交通路も開かれ、人々がこれまで行かなかった所まで行くようになり、新たな開発も始まったという事態を語る歴史的な話とみることができるのである。人々にとってこれが歴史であった。

そしてこの平家伝承は、日本国中を共通する時間に位置づける役割をもった。源平合戦は日本における初めての全国規模の騒乱だったから、新たな地方の土地開発を平家の没落と関係づけることは全国共通の時間のなかに位置づけられることだったのである。

さらに、没落していく平家の語りは、琵琶法師によって全国に広められていったのだが、語り出しの「祇園精舎の鐘の声、諸行無常の響きあり。娑羅双樹の花の色、盛者必衰の理をあらはす。おごれる人も久しからず、ただ春の夜の夢のごとし」は、どこにでも通じるこの世の見方を教えるものであり、「遠く異朝をとぶらへば、秦の趙高、漢の王莽、梁の朱异、唐の禄山これらは皆、旧主先皇の政にもしたがはず、楽しみをきはめ、諫めをも思ひいれず、天下の乱れん事をさとらずして、民間の愁ふる所をしらざりしかば、久しからずして、亡じにし者どもなり」は知識を教えるもので、その語りは全国共通の教養を植えつけることになった。各地方はそれぞれ方言をもっており、いわばその方言圏が共通の教養をもっていたと考えればいい。平家語りは地域性を超える日本共通の教養を広げていったのである。全国で新たな開墾が行われ、交通網が作られていくことと対応している。

日本を成り立たせているのは、日本語という共通語と日本の歴史である。現代の日本語はほとんど中世語と違わない。中世の口語体で演じられる狂言はだいたい意味が通じる。能の言葉は文語で現代語に訳さないとわかりにくいことを思い浮かべてみるといい。生活文化もお茶、畳敷きの部屋など中世以降のものを受け継いでいる。

歴史を、教科書で習うようなものではなくリアルに感じられるものにするには、歴史としての伝承などを見つめ直し、歴史と伝承はどこが違うのか、なぜ伝承が生まれるのか、などを考える思考を身につける必要がある。われわれは、歴史をリアルに感じるにはどうすべきかが問われている。近くは東日本大震災を語り継ぐことが盛んにいわれているが、どうなのか。

『赤朽葉家の伝説』は第一部「最後の神話の時代」として、『古事記』『日本書紀』『風土記』などにみられる出雲神話をふまえて、朝鮮半島から製鉄技術をもって渡来し、たたらの長として君臨した赤朽葉家のこと、そして第二次世界大戦の敗戦の混乱から落ち着いた一九七五年までを語っている。

普通、神話といえば出雲神話のように古代のものをいうが、ここでは第二次世界大戦の敗戦後の混乱が落ち着くまでを「最後の神話の時代」といっている。神話とは現在の秩序の起源を語るものをいうから、現在の赤朽葉家は敗戦後のあるできごとによってなったといっていることになる。そのできごとが「辺境の人」(サンカ、ノブセ、サンガイなどの漂泊民的な人々)の出の多田万葉を嫁として娶ったということだった。敗戦という危機は、万葉を妻に迎えることで乗り越えられ、新たな赤朽葉家が始まって現在に至るのである。

神話的な思考を言ってみれば、神話は今はこうなっているが、それはこういうことがあったからだという、起源に帰る考え方で、歴史とは矛盾する。起源からの変遷を辿ることはできるが、据えられた起源が消えることはない。歴史的な思考は、ある歴史的な時点がどういうものかその特殊性において考察する思考である。

たとえば考古学の発掘で親子関係をたいせつにする古代の人々のあり方が知られたとき、古代の人々もわれわれと同じだとわかった、などといって人間の共通性の発見を喜ぶようなことがしばしばみられる。だが、家族をたいせつにするのは人類共通のあり方で、考古学の知識などなくてもじゅうぶんだ。

だから考古学で共通性を見せられたとき、すぐ一方に違いを考えないと、人間社会はどこでも同じにのっぺりとしてしまう。人間としての世界的な共通性、時代による違い、土地による違いなど、考えを及ぼすことができるようになると、世界は多様にみえ、活き活きしてくる。その意味で、私は歴史的な思考を身につけるべきだと考えている。

7 国家は国民を守らない——垣根涼介『ワイルド・ソウル』

平成期には、昭和期の国家的なできごとの見直しが行われ、国家を告発するミステリーがいくつか書かれた。戦後の食糧不足の解消を意図して送り出されたブラジル移民の苦難を書いた垣根涼介（一九六六〜）『ワイルド・ソウル』（平成一五年〈二〇〇三〉、日本推理作家協会賞、大藪春彦賞、吉川英治文学新人賞）がある。

また、世界に日本の復興を見せつけ国威を宣揚しようとした東京オリンピックのための土木工事で、使い捨てにされた出稼ぎ労働者を書いた奥田英朗『オリンピックの身代金』（平成二〇年〈二〇〇八〉、吉川英治文学新人賞）、さらに「第六章　異郷からの目」で取り上げる、沖縄の農地を米軍基地として没収された農民が、ボリビアへの移住を奨励され移民となったその後の顚末を書いた池上永一（一九七〇〜）『ヒストリア』（平成二九年〈二〇一七〉、山田風太郎賞）、敗戦後の「戦果アギヤー」（米軍基地の物資を盗んだ者）を主人公に、沖縄を切り捨てることで平和条約を結んで獲得した日本の独立とその後の沖縄復帰を書いた真藤順丈（一九七七〜）『宝島』（平成三〇年〈二〇一八〉、直木賞、山田風太郎賞）などがすぐ浮かぶ。

昭和期にも清水一行『動脈列島』（昭和四九年〈一九七四〉、日本推理作家協会賞）など秀作があるが、公害問題を告発するもので、直接国家を対象にしたわけではない。

敗戦後、農地の荒廃で食糧不足となり、そのうえ、戦地からの引き揚げ者で日本は人口過剰になっていたため、政府は苦肉の国策として南米に移民を送った。『ワイルド・ソウル』が語るブラジルのベルンへの移民もそうだった。他の移民もしばしばそうだったように、政府発行の「移住者募集要項」に「入植予定地は農業用地として開墾がすでに終わっており、灌漑用水や入植者用の家も完備されている」とあるのとはまったく異なり、土地は何も施されておらず、そのうえ農地としての適性もひどく、おまけにマラリア、アメーバ赤痢で入植者は次々と倒れていき、入植時には一二家族五〇人がいたが、一年半で四家族一一人になってしまった。

結局、主人公は入植地を放棄せざるをえなくなり、最下層のブラジル人の売春婦の世話になったりしながら、ようやく野菜栽培で資産を作り、最後に日本政府に中南米移民政策の責任を問い、謝罪するように要求するという物語である。

ブラジル移民にしろ、ボリビア移民にしろ、実際にあったことで、政府はいいことばかりいって送り出しながらひどい目に遭った者たちに謝罪もしていないし、責任もとっていない。第二次世界大戦後、連合国の極東裁判で責任が追及され、戦争関与者の公職追放が行われた。だが、共産圏の力が脅威となるや日本はアメリカの防共の砦とされ、追放も緩和されていき、戦争責任は文学者や画家などが戦争協力者として追及されただけとなっていった。開戦の詔勅を出した昭和天皇も責任をとって退位していない。

【昭和からのコメント】⑩：戦争責任と吉本隆明から学んだもの

昭和期には、一部の知識人が戦争の責任追及を続けたが、高度成長を経過し、戦争責任の追及はほとんどなされなくなっていったことと、平成期に国家の責任がミステリーで問われたことは関係しているに違いない。

奥田英朗は一九五九年、垣根涼介は一九六六年、池上永一は一九七〇年、真藤順丈は一九七七年生まれと、奥田が敗戦後の社会を少し知っているくらいで、ほぼ高度成長期以降生まれの、敗戦後の雰囲気も知らない世代ということになる。いうならば戦争責任というような発想をもたない世代なのである。彼らは戦中、敗戦直後の社会を体験してきた世代が切実に語っていた戦争責任も含む戦後批評を、リアルには理解できない世代だった。この世代はこの第四章の1で取り上げた三浦明博が一九五九年生まれ、望月武が一九六八年生まれであることと一致する。

私は一九四三年生まれで、先に述べたように戦後社会を体験してきた世代である。間違った戦争という教育もあったが、子供の頃に、上野に出ると白衣を着た傷痍軍人や浮浪児、靴磨きの子供たちを方々でみかけ、悲しさと悔しさ、みじめさで複雑な想いを抱いていた。

中学校に入る頃から、駅の売店で毎月出る兵士たちの体験譚、戦記の雑誌を買って読んでいたが、特攻は半強制的で嫌だし、命令する上官が嫌いだった。すぐ制裁を加える軍隊の体質も嫌で、平和教育を受け容れていたが、敗戦の悔しさ、みじめさ、悲しさもくすぶっていた。私の前後の世代は同じような想いを抱えていた者が多くいた。これは左翼・右翼、保守・革新というような二元的な枠組みで分類されるものとは異なる心情・思想のあり方だったといえよう。

　私が籍を置いていた大学の文学部では、前後を含めて私たちの世代は左翼的であろうと民俗的なものに関心があったり、組織が好きでなかったりして、マルクス主義にどっぷりという者は少なかったと思う。同学年で学内の共産党系の民青のトップクラスだった知り合いがいたが、彼は政治と学問を分けて考えられる思考をもっていて、学問ではおもしろい研究をしていた。戦後を振り返っていて、戦争末期と敗戦後すぐの頃に生まれたわれわれの世代は、その前後の世代とは戦後の振り返り方が少し違うような気がしている。

　戦争責任の問題は、フランス文学者の桑原武夫が終戦直後の昭和二一年（一九四六）に発表した『第二芸術』（講談社学術文庫〈一九七六〉で容易に読める）で、伝統的な定型詩である俳句を取り上げ、定型はその形にあて嵌めればよく、中学生でもいい俳句を作ることが可能で、芸術としては二流であり、俳句、短歌を中心とする日本の詩はレベルが低いと論じた。つまり西欧のいう意識化された個人の創造する芸術とはいいがたく、それが日本人の主体性のなさと繫がっており、戦争をもたらしたというわけだ。

　桑原の論は、この定型詩のいまだに生きている社会が侵略戦争を阻止できなかった、という論の方向で受け止められて、この論については否定的であったにせよ、吉本隆明『抒情の論理』(未來社、一九六三年)などに展開された。吉本が若者たちの心を捉えたのは、それぞれの抱えている問題が社会の問題に繋がることを示したことにある。全共闘の学生たちにとって、吉本の『共同幻想論』(河出書房新社、一九六八年)がバイブルのような存在だったというように悪くいわれる場合が多いが、吉本は自分も考える、おまえも考えろと、いわば問題を意識してしまった学生たちが主体的に自ら考えることを要求したのであり、むしろバイブルになることを否定していた。

私はいわゆる全共闘世代より少し上になるが、吉本と出会ったことは大きい。最初の頃は、おまえも考えろといわれても考える方法がよくできていたわけではなかったから、吉本の本を読み、吉本のように考えることを真似てみたりしたが、そうしているなかで自分の考え方ができていき、吉本から離れていくようになる。

思想形成期に大きな思想家に出会うことは重要である。人は若い頃、自分の考えなどもっておらず、社会に流通している考えをいつの間にかすり込まれている。だから自分の考えといっているものはほとんどの場合、その時代、社会のもっているものと大差ない。

自分の考えを創っていくことは吉本を批判できるようになることである。

私は日本の文学史を考えてみようとしており、古典を読んでいたことによって、たとえば『万葉集』を近代の文学観では読めないことに出会ったので、吉本とは違う見方を抱いていた。吉本は西欧的な近代的個を絶対化しているところがあり、芸術は固有の個の表現と信じているようだが、私は古典を読むなかで、絶対的な固有の個みたいなものを信じなくなった。この世のあらゆる事象は一つ一つ異なり、個別的であり、人も一人一人異なるのは当たり前のことで、その個別的な個がどのように結びつき、一つの社会を作っていくか、それを一人一人がどのように受け止めているかが重要だと思い、固有性自体に価値があるわけではないと考えるようになったのである。

吉本に教えられたことは観念を幻想観という面からみることで、観念の大きさが設定と拮抗しうるものであること、しかもそれはかんたんに変わりうるものであることなど、いろいろあるが、私の専門分野である古典文学に関わることだけ述べておけば、吉本が共同幻想・対幻想・個幻想という立て方で観念世界を説明しようとしたことがある。私はこの三つの幻想を自分の心に引き寄せて、社会に向かう心、恋人など対に向かう心、自分に向かう心といってみると、自分の心がよくわかったし、人の行動を心の問題として説明できるようになった。自分に向かう心がいわゆる固有性と関係するのだが、これは心の一部でしかなく、それに最も価値があるわけではない。社会に向かう心が大きい人は政治家になるかもしれないし、そういう人も必要である。対に向かう心は愛をもたらし家族を作ることになり、子の生産をもたらすことになる。自分に向かう心は内省したり、悩んだり、また自分だけ得しようと思ったり、負のものである度合いが高い。

学・研究において、民間に歌い継がれてきた歌謡というジャンルがある。『万葉集』でいえば、古代の集団のものである歌謡から個人の和歌が生まれたことが文学の始まりとされた。歌謡は誰が作ったかわからないもので、集団的であるからレベルが低いというのだ。この評価は集団的という担い手、歌い手のあり方の問題でなされている。表現による評価ではない。文学の評価は言語表現によってこそすべきなのではないか。歌謡には恋の歌が多いが、表現が恋する相手に向かう心がうたわれている。これは対に向かう心の表現であって、文学としての評価はその心がうまく表現されているかどうかであるべきである。

つまり文学としての評価は言語表現によってこそなされるべきで、心の動き、向かう方向のあり方こそが言語表現として分析できるようになったのである。

8 無名の捕虜から戦争を語る——鏑木蓮『東京ダモイ』・森純『八月の獲物』

現在の事件が、戦後のシベリア抑留に原因のあることを語るミステリーがある。シベリア抑留者には、関東軍だけでなく、満州に開拓民として入った人々もおり、六〇万もの人々が連れ去られ、過酷な環境のもとで鉄道敷設などの労働に従事させられ、五万八千人が死亡したといわれている。

鏑木蓮（一九六一～二〇二三）『東京ダモイ』（平成一八年〈二〇〇六〉、江戸川乱歩賞）は、そのシベリア抑留のラーゲリ（収容所）に抑留されていた老人が句集の出版を依頼し、それを受けた若い編集者が、その出版の意味を探る。そのなかで、冬の零下五〇度の早朝に首が胴から切り離されて殺された中尉殺人事件の犯人を、現場にいた兵士が帰国前の句会で詠まれた句から推定していき、さらにロシアから舞鶴に来た収容所の元看護婦が殺された、現在の殺人事件の犯人の動機を探り出すという物語である。「東京ダモイ」とは東京に帰還する意で、抑留者たちの夢であった。

シベリア抑留に事件の遠因があると語るミステリーがほかにも平成期に書かれている。森純（一九五〇～九九）『八月の獲物』（平成八年〈一九九六〉、サントリーミステリー大賞）で、『東京ダモイ』の一〇年前に書かれているが、やはり俳句が大きな役割を果たしている。こちらでは抑留中に俳句が秘密の連絡に使われていたことを利用して、戦後日本の現在、居場所のなくなっている老人を助けようと、抑留仲間に俳句で連絡を取ろうとする。シベリア抑留者の間で俳句が詠まれたことがあったのは、近くは富田武『抑留を生きる力』（朝日選書、令和四年〈二〇二二〉）などに記されている。このシベリア抑留と俳句はセットになって、戦後の悲惨を語るものとして社会に共有されるものになっていた。

『八月の獲物』には、若い女性のテレビディレクターが登場し、シベリア抑留のひどかったことはわかるが、だからといって罪を犯すのはよくない、というようなテレビのミステリードラマによくある発想で、抑留体験者を批判する場面がある。

繰り返しいっているが現代の見方から過去の社会を批判するのはおかしい。平安時代は身分制社会だと批判して何の意味があるのだろうか。今だからいえることは多い。だからといって、ひどい目に遭った者たちはどのように報われることがあるのだろうか。辛かったのはわかるなどという前置きをつけて、わかったような顔をして現在の視点から追及するのは、自分たちが生きている場は変えないように守っているだけである。今の社会が隠しているものを暴いていくのはジャーナリズムの役割ではないか。若い女性ディレクターはまず、ジャーナリズムとは何をすべきなのか考えるべきなのである。

シベリア抑留に関しては、敗戦直後、ソ連軍の侵攻の際に一般人も含め置き去りにして帰国した関東軍の幹部らは責任を問われるべきだし、兵隊たちを労働力としてシベリアに送ることを認めたどころか奨励したとされることを国として調査し、公表すべきであり、俘虜となった者たちを早く帰国させるよう努力すべきだったのではないか。

サンフランシスコ講和条約は、防共の砦としての日本の位置を確定すべく、戦犯として公職から追放された者たちは解除され、沖縄は米軍の基地とされることが密約されたものだった。敗戦後の独立は、三百万人もの死者を出した戦争の責任は問われないことで始まったのである。

この『八月の獲物』は、現代の日本における戦中・戦後の風化と、その時代に生きた人々が老い、子から粗末に扱われる現代の老人を救う老人村を作ろうという話である。『東京ダモイ』で、ラーゲリ句会のメンバーであった少尉が帰国して理想的な老人施設を運営しようとしていることも重なる。

この似通った老人が主人公といっていい二つのミステリーが平成期に書かれていることも、平成という時代を象徴しているだろう。まずは戦後が遠くなったのである。

昭和という時代には、戦中・戦後というだけで場面にリアリティを与えることができた共通の体験に基づいた共通の幻想があった。平成の時代には、共有性を薄めていったことが戦後体験者の高齢化として語られたのである。女性ディレクターはその象徴だった。しかしそれだけではない。二つのミステリーは老人の居場所を問題にしている。老人たちには居場所がなくなりつつあった。この老人問題は「第三章　平成の家族と人々」で取り上げた葉真中顕『ロスト・ケア』、曽根圭介『あげくの果て』に繋がる。

昭和は戦中・戦後という日本社会全体の共同体験をもった。戦争とか戦後というだけで、読み手がリアルにわかった時代が昭和だった。本章の最初に『滅びのモノクローム』を取り上げたのは、戦争は遠ざかり、戦中・戦後も知らない戦争体験者の孫を中心にして戦中・戦後を捉えたものだったからだった。まさに戦争はモノクロームになっていた。では平成はどういう共同体験をもったのだろうか。バブルと二つの大震災がそれに当たるだろうか。

9 あらゆる権力に抗する——船戸与一『満州国演義』

昭和期には、第二次世界大戦を書いた大河小説として五味川純平『人間の條件』(昭和三一年〈一九五六〉~三三年)、『戦争と人間』(昭和四〇年〈一九六五〉~五七年)が日中戦争、第二次世界大戦を書いたものとしてあった。五味川は従軍し、ソ連の捕虜となるという体験をもっている。

平成期に最も歴史を意識したのは、船戸与一(一九四四~二〇一五)『満州国演義』(全九巻、平成一九年〈二〇〇七〉~二七年〈二〇一五〉)だろう。帝国主義国日本が台湾、朝鮮半島を自国の領土に組み入れたが、属国として新たに造り出した国家満州国は、まさに大日本帝国を象徴するものだった。満州国の理念は和・朝・満・蒙・漢の五族協和である。極東アジアの五つの民族が協調して暮らせる国を目指した。もちろんこれは日本の掲げた理念で、日本がほかの四族の上に立っていた。

この章を書いている最中に、イギリスのエリザベス女王が亡くなり（二〇二二年九月八日）、一五の国が女王を君主とする国家であることを知った。支配被支配の関係はないから、かつての植民地を独立国家にする際にイギリスとの関係を続ける方策だが、世界を制覇していた大英帝国の名残である。

戦前の日本が悪者であるかのようにいわれるが、当時、世界はアメリカ合衆国を除いて、西欧の植民地として再編される。一九世紀の状況は、イギリスがインドの木綿を売り込んで利を得ようとして果たせず、アヘンという麻薬を売り込んで利益をあげていたのに抵抗した中国に、軍隊を派遣したアヘン戦争（一八四〇〜四二年）によって不平等条約を押しつけたことが象徴している。そういうなかで日本も開国し不平等条約を押しつけられた。

船戸与一の『満州国演義』は満州国が造られ、第二次世界大戦が終わるまでの満州と日本を、敷島家の四人の兄弟の目から書いている長編である。長男の太郎は東大出の外交官、次郎は大陸浪人の馬賊、三郎は士官学校出の関東軍の憲兵、四郎は早大在学中無政府主義に傾倒するが続かず、中国で映画に関わったりして、一貫した考えなどもてずにいた。兄たち次男、三男は戦争で、長男はシベリアに抑留され死亡するが、四男一人だけ生き残ってそれからの日本をみつめるという話として書いている。

長男の太郎は、軍部とは異なる考えの外交官で、政府内にありながら日本を外から見る目をもっている。次郎はいわば無法者でもある馬賊として、国家や軍、資本家とは異なる考え方をもって当時の情勢の外側にいる。三郎は軍人だが憲兵で、軍隊に対しても外の目をもつ。四郎は無政府主義に傾倒したり、体制を客観視する目をもつが関東軍の宣伝機関に属したりして、この時代を泳いでいる。というように、満州国を中心に据え、建国から滅亡までを語るが、正史というか、国家の側からの語りではなく、四つの方向から書いている。

船戸は、イラン革命後のイランを舞台にし、トルコ、イラン、イラクで迫害されているクルド人を中心に置いた『砂のクロニクル』（平成三年〈一九九一〉、日本冒険小説協会大賞、山本周五郎賞）、江戸末期の北海道を舞台にした『蝦夷地別件』（平成七年〈一九九五〉、日本冒険小説協会大賞）など、徹底して権力から外れた側から歴史を語る姿勢を貫いている。権力と戦う者を書くから冒険小説的になるが、権力に諍《あらが》う者を書くことで、あらゆる国家や組織を相対化しようとしている。

このあらゆる権力を嫌うという思想は、敗戦体験から昭和にもっと生まれていいもののように思えるが、大藪春彦『野獣死すべし』（昭和三三年〈一九五八〉）などにうかがわれる程度だったにしろ、ハードボイルド的な、この世の価値から離れて生きる態度としてありえるものだった。ただしハードボイルドは、都会的な態度にとどまり、反権力にまで突き抜けることはない。

日本は権力を嫌うことから、政治に関わることを蔑視する風潮が特に文化人や文学に関わる者たちにあった。この世から離れ、仙人のように生きることを文人の理想とする感じ方があったのである。たぶん古代国家では支配者であった天皇が武士に政権を奪われて以降も、文化的には中心であり続けたことに関係するだろう。

【昭和からのコメント】⑪：イギリスのティー文化と植民地

イギリスの三時のティーの文化について、加藤祐三・川北稔『アジアと欧米世界』（「世界の歴史」第二五巻、前掲）はおもしろいことをいっている。ティーは、中国からのお茶でチャの英語発音のなまりのティー、お茶を注ぐ茶碗はチャイナ（中国）、そして砂糖は西インド諸島など植民地で営むプランテーションで作ったものであり、元からあるイギリスの文化ではなく、世界史におけるグローバル化のなかの「世界システム」において、一八世紀に覇権を握った大英帝国の文化をまさに象徴するという。

一五世紀の大航海時代以来、西欧は世界中から富を集め世界を制覇し、豊かになった。その遺産が現在の西欧優位の世界を創っているのである。日本は明治以降に近代化したが、工業生産の資源や購買層を外に求めることなど最初からはできなかったのである。

だから日本もいいなどというつもりはまったくない。他の民族を蔑視し、差別する社会がいいはずはない。ただ常に歴史のなかで考えることをしないと、不公平になる。

10 原点から歴史を考える――橋本治『草薙の剣』

ミステリーではないが、敗戦後の社会史を、歴史を取り戻そうとでも呼べる方向で書こうとした橋本治(一九四八〜二〇一九)『草薙の剣』(平成三〇年〈二〇一八〉、野間文芸賞)に触れておきたい。

この小説(?)は六人の主人公についての客観的な叙述と書き手の見方が断層なく続いており、語り手はたぶん著者自身である。

昭生の兄には、格別にビートルズを好きだと思う嗜好《しこう》がなく、その以前に英語の歌を聴くという習慣がなかった。校則のうるさい田舎の男子校に通って、髪の毛を伸ばしたいとも、「バンドをやれば女の子にもてる」とも思わなかった。「反抗」というスタイルはまだ都会のもので、昭生の兄の許には届いていなかった。

昭生の兄の想いを書きながら、「「反抗」というスタイルは……」は語り手が物語の外から説明している。その外という視点はこの前の段落が、

ビートルズが来日した年で、昭生より二十歳年下の常生の両親は大学にいて、合唱サークルの先輩と後輩だった二人は、その音をがさつなものと思って、耳から遠ざけていた。

とあるように、戦後のできごとを叙述するものである。それから全国学園闘争、大阪万博というように、社会のできごとが語られていくから、語り手は社会の歴史を語ろうとしていることがわかる。このような語り方は語りものの類にはみられるものである。身近なできごとを語るもので、こういうことがあるという共通のできごとを置いて、そこに個人が

どう関わるかを語る。たぶん歴史とはそういうものであった。われわれが伝承と呼んでいるものに近い。

政治を担っていた支配層は、たとえば醍醐天皇の延喜（西暦で、九〇一〜九二三）という年号の前は昌泰（八九八〜九〇一）で、その前は宇多天皇の寛平（八八九〜八九八）であることを知っており、その天皇と年号によって歴史を理解していた。天皇が暦を支配していたからである。近代以前、江戸時代まではこういう時間意識であった。

しかし、現代のわれわれは世界中が同じ時間軸で成り立っている。西暦によってこそ時間の流れを理解しており、歴史を知っている。この西暦によって、延喜の時代には中国では九〇七年に唐が滅亡した、九一一年にはフランス・ノルマンディ公国が成立したなどと、世界を同じ時間軸に並べることができる。しかし延喜のある平安時代は、唐の滅亡は関係しそうだが、ヨーロッパまで射程は伸びておらず、世界史は地域性のなかにあった。

現代は、このような地域性を抱えつつ、ほとんどの地球上の地域は世界史のなかに組込まれている。

たとえば、世界に共通する時間軸によって、現在の中近東やアフリカ諸国の混乱は欧米の世界制覇という事実の負の遺産だと知ることができるのだが、この時間軸はいわゆる民主主義、自由主義に向かって流れていた世界史とみれば、遅れている地域、国々となる。

こういう歴史は嘘っぽい。すべてが正しい一つに向かって流れているということになるからだ。

現在起こっているロシアのウクライナ侵攻に対する意見はさまざまありうるが、ロシアは専制主義で、民主主義、自由主義の側が絶対正しく、ロシアが悪者的な評価が圧倒的である。テレビ、新聞などのジャーナリズムからはすべてといっていいほどその図式が表明されているが、こんな一律の評価は本来いかがわしいと受け止めるべきである。

現代の最大の問題がここにあらわれている。世界は多様ということからも疑ってみるべきである。私自身ロシアを支持する気は毛頭ないが、社会主義国の崩壊以降、世界は資本主義、民主主義、自由主義が世界の行き着くべきあり方であるかのように思われがちであるのは確かだと思う。たった一つの方向が目指されるべきものということ自体が、この多様性の世界ではおかしい。

このようなことに疑問を感じていることが、世界をよりリアルに感じられることを少なくしている。身近なものしかリアルに感じられないから、よけい家族に過剰な期待がよせられてしまう。

われわれは世界性に抱え込まれている。それゆえ身近な歴史さえリアルに思えなくなっている。そういう現代に、『草薙の剣』は社会史で挙げられるような歴史的なできごと、事象を挙げながら、六人の主人公たちがどうしていたかを語っていく。歴史的なできごとも事象も、個人によって受け止め方が違っていたりしているさまが語られていく。リアルな歴史はここにしかないといっているようだ。

その語り方が特徴的である。「ビートルズが来日した年」の段落は常生の両親が書かれるが、その登場は「昭生より二十歳年下の常生の両親」という説明で、人物の話題が換わるには必ず話題にしてきた人物との年齢差を示している。といってこれらの人物が関わることは一切ない。時代を受け止める者を複数にし、しかも複数の世代にすることで、ある時代に生きている人々を普通の社会の構成に近くしようとする、語り手の装置と考えることができる。

これは一〇年ごとの年齢差をもつ六人を据えていることでも確かめられる。さらに六人以外、祖父母、親、兄弟姉妹が登場するが、彼らは引用部の「昭生の兄」というように、六人の名だけが示され、後はその六人との関係だけが示されている。この六人はこの語りの現在に生存している、つまり、一〇年の年齢差、いうならば六つの世代をもちつつ共存している者たちである。そしてこの六人は大金持ちでも困窮者でもなく、ごく普通の人々である。昭生の両親は農民だが次男ゆえ家を出て井戸掘り職人になり、戦後給水業を始めている。豊生の両親も農民だが、町の時計屋に養子に出されている。このようにこの六人は町で暮らしている。庶民ができごとをもろにかぶり影響を受けたりするのは都市民だからだろう。

ついでにいえばこの六人の最大年齢差は六〇年、干支でいえば還暦、一めぐり、いうならば生存している人の年齢差を象徴しているに違いない。

したがって、この語りは庶民から歴史を語ろうとしているといっていい。しかも六人の名を与えられた者たち以外の人々は祖父母、両親、兄弟姉妹と書かれるのがほとんどだから、家族における時間軸を投影してみると名のある者たちを中心とした三代という時間が取り出せる。

これは家族の呼称だけでなく、老人の世代、親の世代、子の世代と考えればやはり三代という時間軸が考えられる。これが社会の最短の時間意識、つまり意識された時間の最初、起源である。しかし人は生きているから、この軸は未来と過去に向かって伸びている。過去への伸びが歴史である（古橋『神話・物語の文芸史』）。『草薙の剣』は歴史の原点を語ろうとしているのだ。

11　外国の歴史を語る——佐藤亜紀『ミノタウロス』

最後に、ロシアに侵略されたウクライナの二〇世紀初頭から一九一九年までを語る佐藤亜紀（一九六二〜）『ミノタウロス』（平成一九年〈二〇〇七〉、吉川英治文学新人賞）も取り上げておきたい。

地主に成り上がった父親の息子によって語られる、二〇世紀初頭のウクライナの歴史である。ロシア革命頃のウクライナはオーストリア、ポーランドの支配も受け、ロシアの赤軍、反革命の白軍も侵入しており、さらに無政府主義者の集団が一時にしろ勢力をもっていたらしい。

そういうウクライナを背景に、二人の仲間ができ、たぶん無政府主義者の小集団に加担し、略奪、殺人、凌辱の限りを尽くしながら流れていき、最後に若い仲間三人が次々と死んでいくすさまじい話である。

この物語のすごさは「人間を人間の格好にさせておくものが何か」というような問いである。自分は「人間であるかのように扱われ、だから人間であるかのように振舞った。それをひとつずつ剝ぎ取られ、最後のひとつを自分で引き剝がした後も、ぼくは人間のふりをして立っていた」という。そして仲間が死に、かつて犯した女に命を助けられ、せせら笑われて放り出されて自分は「人間の格好をしていない」と死に向かうなかで考える。

　人間を人間として成り立たせているのは、たとえば人格とか、生命とか、家族とかいうものだが、それらを剝いでいって残るものは何もないといっているのだ。この厳しさが問われる状況として、二〇世紀初頭のロシア革命前後のウクライナが選ばれた。ロシア革命は人類史上初めての労働者解放、農民解放というイデオロギー的な革命であり、にもかかわらず実態は略奪、裏切りなどが横行するものだったからだろう。イデオロギーなど、「格好」にすぎないのである。

　現在進行しているロシアのウクライナ侵攻による戦争も、自由主義、民主主義などがロシア批判として叫ばれている。本書が主張するのは、こんなものもまやかしだという考え方、感じ方である。もし本気で自由主義、民主主義を守ろうとするのなら、ロシアの核兵器を使用するなどという脅かしに屈して、武器の供与ですまそうというようなアメリカやEUのごまかしを許さない主張がもっと出てきていいはずだ。日本もそうだし、アメリカもEUも自分たちには害が及ばないことを確保して、ロシアを非難している。口だけの正義などはごまかしなのだ。

　私が今回のロシアのウクライナ侵攻が起こったときに思ったのは、社会主義国の崩壊によって示されたようにみえる自由主義、民主主義、資本主義が唯一の正しい思想だという受け止め方はおかしいと考えていたから、そういう今の世界状況に対するアンチと受け止めることだった。

ところがジャーナリズムはロシアへの非難一色で、日本国民はみなそう考えているかのようだった。多様性、個性などを価値としているはずが、どうしてみな同じなのか。これが民主主義、自由主義といわれているものの内実なのである。自由主義とは他人に関心を示さず、好きなことをすることであり、民主主義とは異質な思想を多数によって排除することだった。

『ミノタウロス』が語った、二〇世紀初頭のウクライナの歴史はまさに、現代ののっぺりとした、ただやさしいだけで、人間とは社会とは何か、というような根本的な問いを好まない現代を揶揄しているかのようである。

第五章　新たな脅威

――ウィルス、開発、自衛隊

平成の時代は危機管理の足りなさが問題になった。東日本大震災における福島第一原子力発電所の事故も、想定外という言い方で政府や東京電力の責任が不明瞭になった。危機管理の甘さである。破損した原子炉の廃炉は今もほとんど進んでいない。

この危機管理の甘さは、今も続いている新型コロナウィルスの猛威への対応にもはっきりとあらわれた。

そして世界では今、ロシアのウクライナ侵攻に象徴される、世界秩序の再編への動きがある。それに対しても、日本はアメリカに従うだけだ。さらに太平洋プレートの沈み込みによる南海トラフ大地震も迫っているようだし、温暖化と関わりを指摘される気候変動による災害も深刻になっているのだが……。

そういう危機意識のなさがミステリーにも反映している。ミステリーはそれらをどのように語っているのだろうか。

1 ウィルスの猛威——今村昌弘『屍人荘の殺人』

アフリカのプードゥー教に起源をもち、アフリカから連れてこられ働かされていたハイチの奴隷たちの信仰が、一九七〇年代後半にゾンビに噛まれた者もゾンビになるという吸血鬼的な要素を取り入れ、映画などで定着した。そして、近年のウィルス感染によってゾンビ化するという型が生まれた。ウィルスへの恐怖がゾンビに像を結んだのである。感染症の怖さはペストによって知られているが、ドラキュラ伯爵と鼠という像をもつことで、映画『ドラキュラ』などに語られた。その怖さはアルベール・カミュの『ペスト』に、隔離された市のできごととして小説に書かれているが、ドラキュラ伯爵と鼠ほどうまく語られているとは思えない。その感染症の怖さの表現が現代ではゾンビなのである。

今村昌弘（一九八五〜）『屍人荘の殺人』（平成二九年〈二〇一七〉、鮎川哲也賞）は一九八五年、ある極左集団と深い関わりのある生物学准教授浜坂智教の自宅が公安によって家宅捜索されたのに伴い、かつて岡山県の山奥にあった薬品を研究する機関で、ウィルスに関する資料が発見されたという発端から始まる。

物語は、これから起こる事件を解決することになる剣崎比留子への報告書という形で、姿を消した浜坂がこれから語る娑可安《さべあ》湖集団感染テロ事件の首謀者であるという、前置きが記されている。一人称で書き手が物語を語ることが示される。書き手（語り手）は、シャーロック・ホームズにあたる剣崎と、ワトソンにあたる、この物語で剣崎と恋仲になる葉村譲である。

ミステリーの面からいえば、ゾンビに囲まれ、ペンションから出られない状態のなかで起こる三件の密室殺人事件の話だが、一九六〇年代後半に登場する新左翼の過激派がテロのために開発したウィルスで、夏の湖畔で行われたライブに集まった人々を襲い、ウィルスをばらまき、感染した人はゾンビになっていくという、いわば細菌兵器のテロの話でもある。

平成に入って、かつての探偵小説や推理小説は、SFやホラーなども抱え込んでミステリーを拡大する傾向を濃くした。ゾンビもホラー小説の主役である。

この『屍人荘の殺人』では、自分を引き立ててくれていた先輩がゾンビになってしまい、その先輩ゾンビを見捨てざるをえない主人公、恋人がゾンビに噛みつかれ、ゾンビ化していくのを見捨てられず接吻して喰われてしまう男など、ゾンビゆえの場面のリアリティがある。ゾンビの怖さは、ウィルス感染と、このさっきまでは愛情を交わし合っていた相手がゾンビという異質な存在になってしまうところにもある。人間への不信や、対の関係から生まれる家族に過剰なほど濃密な親しさを求める現代社会の危うさが、ゾンビを流行らせたといえるかもしれない。

ゾンビものの流行は、死者への想いを断ち切ることとの難しさを意識したものと考えられないこともない。特に、犯罪や事故で子を失った親は子への想いをどこまでも引きずってしまうようだ。それにともない、犯人や事故を起こした者への憎しみを忘れることができず、刑が軽すぎるなどと判決にコメントをする場面をテレビでしばしばみる。死者にとらわれすぎるのは、本人にも不幸だし、周囲にも気を遣わせる。

本作の殺人は、ある女子学生の、親しい友人が映画のクラブの合宿で先輩たちに凌辱され、自殺したことへの復讐として行われる。書き手の葉村の先輩がゾンビになってしまったのは、その復讐しようとする女子学生を助けたためだった。そしてゾンビに追い込まれた葉村をある女子学生が助けようとしたが、その女子学生もゾンビに嚙まれる。葉村を摑んだゾンビになった先輩を、葉村とペアーで犯人を推理した女子学生剣崎が槍を先輩の眼窩から脳に突き通して殺す。

なんともすさまじい話だが、死者への想いを断ち切るにはこのくらいの行為が必要だと語っていると考えるのがいいと思う。

【昭和からのコメント】⑫：死者、死をどう考えるか

私のいわゆる専門は古典文学研究で、古典はわれわれの考え方、感じ方からではほんの一部しか読めないことに気づいて、その読めない部分から古典を読む方法を模索してきたゆえ、古典から現代を相対化する思考を身につけてきた。

少なくとも古代では、特に普通でない死に方、事故死、旅先での死などで夫や妻を亡くした者は、他人に死者の世界へ去ってゆく姿を語ってもらうことで死を確認し、死者

を遠ざけることで、その嘆きを鎮めることをしたようだ。また三回忌や七回忌のように、しだいに死者を遠ざけ、三三回忌で死者はようやく個性がなくなり、ご先祖さまになる。祖先以来の死者たちと同一化するという考え方は、死者を諦めていく民俗社会の方法である。死者を悼むのは社会が始まったときからある、あらゆる社会に共通するものだった。

だから身近な者を亡くした嘆きを鎮める方法は社会がもっていたのである。現代は、それがリアルでなくなってしまっている。これは死者、死をどう考えるかの共通の観念を社会がもてなくなっていることと関係する。

死者が悪者であるゾンビに囓《かじ》られ、ゾンビになるのなら、死者を遠ざけ、想いを断ち切ることができる。

2 ウィルスの蔓延でも肉を食べるには──白井智之『人間の顔は食べづらい』

ウィルスが世界中に蔓延した世界のおぞましい状態を書いた白井智之（一九九〇〜）『人間の顔は食べづらい』（平成二六年〈二〇一四〉、横溝正史ミステリ大賞最終候補作）というミステリーもある。

ウィルスが蔓延し、ようやく人間の細胞に吸着したウィルスにのみ効力を発揮する薬が開発されるが、他の動物には効力がなく、人間は肉食ができなくなる。そのため日本遺伝子工学の富士山博巳が、倫理的にも人肉を食うという問題を緩和する。そして、自分のクローンを作り、普通より一〇倍から五〇倍も早く成長する成長促進剤を与えて大きくし、それを食べるための産業を始める。それに反対する野党の議員が殺され、また死体を調理しやすいように処理する産業で仕事をしている柴田和志が、自分の職場を爆破するという反対運動のテロの実行犯として指名手配される。などなど、とてもミステリーらしく作られている。

人間の細胞からクローンが作れるようになった。この問題は深刻で、物語はウィルスよりもクローンを問題にしている。今のところ人間のクローンは禁止されているが、この話にあるように、成長促進剤が発達すれば、クローンを作って兵士とし戦地へ送るとかいくらでも考えられる。

主人公の柴田は、密かに自分のクローンを育てているが、政治に関与するような自分の考えをもつ男でもなく、現在の仕事に満足し、風俗に行って女を抱くような、普通の男である。この普通の男が、その場その場で人格も変えられる者として書かれている。悪くいえば自分の考えもなく、どれが最も自分らしいかもわからない。

『人間の顔は食べづらい』の書きたかったことの一つは、このどれがほんとうの自分かはわからないということではないか。というのは、結局、柴田のクローンと富士山博巳のクローンが企んだ犯罪という結末だからである。柴田は自身のクローンから無実であることを証明する推理を与えられる。その推理は穴だらけで、罪を免れられなかったが、柴田自身よりクローンのほうが柴田を知っているといえる。最も柴田らしいのはクローンだという逆説が成り立つ。

昭和の末期から平成の時代、自分らしさが最高の価値であるかのようにいわれた。しかし自分らしくない自分だって自分ではないか。つまり自分らしさとはきわめて理念的な、抽象的な考え方なのである。いろいろの自分があることを認めることから考え始めないと悩みが増える。いろいろの自分である不安と願望、クローンはその投影としてみてもおかしくない。

3 開発への復讐――安生正『生存者ゼロ』

感染症の怖さと似通いながら、結局ウィルスでなく、シロアリが凶暴化し、爆発的に増加して、人間社会を危機に陥れるという話がある。安生正（一九五八～）『生存者ゼロ』（平成二五年〈二〇一三〉、「このミステリーがすごい！」大賞）は、地下深くに生存する細菌が石油採掘のために地球上に呼び出されることによって起こる恐怖をリアルに書いたミステリーである。

北海道の根室沖の石油施設が生存者ゼロの状態になり、陸上自衛隊の廻田宏司三佐が調査に派遣される。感染症による死亡と判断され、首相大河原の会議に国立感染症研究所を追われた感染症研究の第一人者である富樫裕也も呼ばれるが、麻薬中毒を理由に外される。

新たに標津に、釧路沖の石油施設と同じ症状の死者が多数あらわれ、寺田陸上幕僚長が廻田に密かに調査するように命ずる。廻田は富樫を連れて釧路沖の石油施設に行く。石油を得る調査のため地下五千メートルから汲み上げた削孔水に原菌の細菌が混ざっており、その細菌がシロアリについて凶暴化させ、爆発的に増殖したシロアリが人を襲った。そのことを、昆虫学者弓削亜紀博士が報告し、「感染症などではなく、シロアリによる襲撃」だったとわかる。

特に、新型コロナウィルスの蔓延で苦しめられてきた今、このミステリーはリアルに感じられる。ウィルス感染症の怖さは最初の頃、元ドリフターズの志村けんの死に立ち会えないどころかその顔も見られずに近寄れもしなかった兄のインタビューに示されたが、直接自分を襲うものではなかった。

『生存者ゼロ』はウィルスではないが、目に見える形で実際に襲ってきて殺される怖さを感じさせるにじゅうぶんである。何千万匹ものシロアリが迫ってきて襲ってくる。北海道はシロアリにほぼ覆われた。香山二三郎は、こういう恐怖は一九七〇年代に流行った動物パニックものといっている(『生存者ゼロ』宝島社文庫「解説」)。『生存者ゼロ』は政府の無能を語る話でもあった。いわゆる危機管理が甘い日本の政府、社会への忠告でもある。

【昭和からのコメント】⑬:深海開発は許されるか

このシロアリの襲撃も、深海に生存していた細菌が油田開発にともない掘り起こされて地上に出てきたことによるわけで、人間の身勝手な行為に対する復讐といえなくもない。私は近代以降の、地球上の未知なるものを次々と明らかにしていく科学の方向には感嘆を感じないわけではないが、危惧のほうが大きい。知らないものがあってもいいと思っている。人間は限界をもっている。もちろん人間の知はどこまでも知ろうと求めてしまう性質をもっていることはわかっている。しかしあらゆる場面でそうあることは不可能である。

深海についていえば、潜水艇で深海の底を見せてくれ、生き物を写してくれるのにはどきどきするが、開発してほしくないと思う。最近、特に科学が未知の領域を明らかにしてくれることとは、経済的な利益と関わってしまうところがある。発見したものを人間が資源として利用するために、海底に長い時間かかって形成されてきた秩序を破壊してしまうのだ。アマゾンの熱帯地域ではもともと太陽光線が強くて地表をいわば殺菌してしまい、植物が生長するのに適さない。熱帯雨林が形成されるには長い年月がかかっているのである。したがって、いったん伐採してしまうと、元に戻ることは容易ではない。シベリアも同様に、凍土に長い時間をかけて森林が形成されてきたのに、伐採し、凍土を溶かすというのは地球の秩序を壊している。ともに地球上の二酸化炭素を大量に吸収している。

かつては自然への畏怖があった。人間の誕生も神秘であり、畏怖すべきものだった。人間自体、誕生という神秘によって生まれるものなのだから、神秘的なのである。いくら科学的に卵子と精子の結合によって人が孕まれ、誕生すると説明されても、具体的にどのように人間の形になっていくのか、遺伝子といわれても、リアルにはわからない。そんなふうにして誕生する人間は不可思議なものであり、それぞれの心もわかるはずがないのだ。多様性に価値があるとしたら、この人間の一人一人が神秘によって生まれてくるものであり、他人の心はわからないからである。

繰り返し言うが、生まれたときから人間は多様であった。この自然や社会は最初からわからないものであり、すべてを知ろうというのは傲慢なのだ。

かつて山は神々の領域であり、特殊な修行を積んだ、つまり山に精通した者以外入ることができなかった。それが登山などといって、誰もが入れるようになった。これが人間の自由などと思われている。他人の庭に入るのは許されないのだから、神々の庭に入るのが許されなくても当然ではないか。科学が進歩して未知の領域が少なくなっても、人間の脳の働きがわかっても、いわゆる知能指数の違いがどうして生まれるのか、性格といわれるものがどうして生まれるのか、ある程度しかわからないのではないか。

それは生物全体にいえることで、人間は生き物の一部でしかない。命のたいせつさをいうなら、生物全体のなかで考えるべきではないだろうか。

4　健康志向の果て――山田宗樹『百年法』・伊藤計劃『ハーモニー』

命といえば、ウィルスによって年をとらない薬が開発される話がある。健康志向の最大の願いは不老不死である。山田宗樹（一九六五〜）『百年法』（平成二四年〈二〇一二〉、日本推理作家協会賞）は、その不老不死をめぐる物語である。

一九四五年、六発の原爆が日本の都市に投下され敗戦となり、日本共和国憲法が制定されてから百余年が経っている。アメリカで、鳥類学者がリョコウバトに不老化した個体が存在することを発見し、その原因がウィルスであることが判明、ヒト不老化ウィルス（HAVI）が誕生する。そして、その接種の技術が確立され、人体の不老化に成功する。アメリカでは一九四〇年に市民権保有者に提供され、同時に生存制限法が制定された。死がなくなると交替がなくなり、停滞が起こるからである。日本は一九四九年、HAVIを導入した。HAVI管理の国際機関HALLO（発見した学者の名）が設立され、寿命を制限する法律がアメリカでは百年、韓国は四〇年と定められ、EUでは五〇年が主流となった、というようにそれぞれHAVIを取り入れ、繁栄している。日本では、その最初のHAVI接種者が導入時に定めた百年法にひっかかるのが来年、という年からこの物語が始まる。

このHAVI導入により〈家族〉という概念は崩壊し、ばらばらになった個人が不規則な流動を続け、社会は〈液状化現象〉と呼ばれる状態になっている。このままでは日本は滅びるという議論が出る。

二〇四八年、国民投票で生存制限法が凍結される。大統領に特別に生存制限を延長できる権限を与え、二〇五〇年、生存制限法を国民投票で支持させることにする。

アメリカHAVIの研究者が、SMOC（多発性多臓器癌）を起こし、一六年のうちにHAVI接種者はすべて死ぬと警告。官僚の遊佐章仁は国民投票で二〇年に限り独裁官を置くことを提案し、自らなることで危機を乗りきろうとする。四代目の独裁官に、投票によってHAVIを受けなかった「老化人間」がなる。

というようにして、世界は元にもどった。健康志向はどこまで死を遠ざけられるかだが、死のない世界が否定されたわけだ。死があることで人間だけでなく、すべての生き物が存在する。

かつて『銀河鉄道999』（松本零士、『少年キング』一九七七～八一年）が永遠の身体、機械の体を得るために銀河を旅する話があった。機械しか身体の永遠性を保証するものはないという発想である。生き物は細胞が繰り返し再生していくように、死んで生まれ変わるというあり方で永遠に繫がろうとするものである。生き物の世界は必ず変わっていくものなのである。死はその象徴と考えればいい。

死なないという設定では、ミステリーではないが、多和田葉子（一九六〇～）『献灯使』（平成二六年〈二〇一四〉）に触れておきたい。

百歳を超える義郎は、曽孫の小学校二年の無名と暮らしている。義郎の世代は頑強で死ぬことがないが、「義郎の世代が本当に永遠に生きなければならないのかは不明だが、とりあえず死を奪われた状態にあることは確か」という。現在は、地球が還元不可能なところまで汚染され、日本には野生動物は蜘蛛と鴉《からす》しかいない。

また、健康志向の極限ともいえるＳＦもある。従来の政府が崩壊し、国民一人一人の健康管理をする医療合意共同体、通称「生府」が政府に代わり国を治めるという、病気のない理想の世界を書いた物語、伊藤計劃（一九七四〜二〇〇九）『ハーモニー』（平成二〇年〈二〇〇八〉、日本ＳＦ大賞、星雲賞特別賞）もある。完璧な医療と、思いやりや慈しみに溢れたが、そこに生きる者はやんわり支配されているような息苦しさを感じてもいることを書いている。

テレビのコマーシャルなど、健康志向は過剰である。健康のために生きているような気がするほどである。そういう世情への批判が、このような未来社会を幻想させたのである。『百年法』では健康志向ともう一つ、政治権力の問題がテーマとなっている。政治権力を握る者は国民のために尽くす存在として書かれるが、その国民に尽くす者は官僚である。官僚こそが国と国民を考え、国を動かしていると語る。これは衆愚政治とでもいうべき民主主義の弱点を克服する方法でもある。

しかし官僚による政治や独裁官による政治が民主主義であるはずがない。最後はＨＡＶＩを受けなかった、つまり死ぬことを受け容れた「老化人間」が独裁官になり、独裁を止め、議会制民主主義政治を復活させることを宣言し、「その真の主役は、一人一人の国民である」という。つまり不老不死のウィルスによってあらわれていたのは、民主主義の欠陥を露呈した社会であり、この社会を克服してふたたび議会制民主主義に戻ろうとするのが、『百年法』が語りたかったことだったのである。

その意味でも『ハーモニー』と似たモチーフが語られていた。健康志向の行き着く果ては議会制民主主義の崩壊なのかもしれない。

5 健康も商売——貴志祐介『硝子のハンマー』

健康志向は、平成期に社会の前面に出てきたと思う。有線放送のテレビコマーシャルは健康に関するものが圧倒的に多く、それが衛星放送や民間放送のコマーシャルにも広がり、通販番組も増えていった。介護用品も同様である。そして、超高齢化の波に乗って介護用品も通販で販売されるようになった。

貴志祐介（一九五九〜）『硝子のハンマー』（平成一六年〈二〇〇四〉、日本推理作家協会賞）は、介護ロボットをめぐる殺人事件を書いている。

介護用品会社の社長穎原昭造が殺される。社長の甥の副社長穎原雅樹と専務久永篤二の運営方針をめぐっての対立があり、社長とともに会社を成長させてきた専務が疑われ、逮捕される。若い女性の弁護士青砥純子は専務を助けたいと、防犯コンサルタント会社の榎本径に調査を依頼する。

社長室は、専務の部屋から直接行くことができるが、ほかの入り口は監視カメラが出入りを記録しており、専務以外に社長を殺すことは不可能だった。いうならば密室の謎解きと、殺し方の二つが問題だった。榎本のこの二つを解く試みが丹念に書かれている。

また、社長と専務は会社の金を横領しダイヤモンドに替え、社長室に隠匿していたことも発覚する。結局、高層ビルの窓の清掃員椎名章が、榎本より先にこの二つをクリアーして、ダイヤモンドを盗み、介護ロボットを使って社長を殺しており、榎本に告発されることになって、事件は解決する。そして、副社長が新社長に就任し、専務に損害賠償を請求する。

このような物語には、介護関係の産業が増えていった平成の時代が背景にある。平成は老人や身障者にも光が当てられた時代だった。それゆえ、介護施設が増え、また介護用品が飛躍的に開発された。本作では、被介護者の入浴などに役立つルピナスVと呼ばれる介護ロボットが開発され、この会社を豊かにしていくのだが、この介護ロボットが殺人に使われる。介護に役立つものが、殺人の道具となる。

ここから、『硝子のハンマー』というタイトルにこめられている作者のモチーフがわかる。介護機器の開発は、身障者にとっても介護する者にとってもありがたいことではあるが、それは介護が機械化されることでもあり、人の手で介護される者の気持ちを汲んだり、やさしく扱うことはなくなっていく。それと見合って、介護用品を製造する会社は近代化され、利潤を求めるものになっていくのである。

昭和と比べ、平成という時代は介護事業に参入する企業が増え、投資の対象になっていった。平成の時代、サービスと考えられていたものが金儲けの対象となった。

私は、サービスとは営利を離れてなされるものだと思っていた。しかし、あらゆるものが金稼ぎの対象になったのである。いわば消費社会の拡大である。これは産業構造を著しく変えていくだろう。賃金を得るために労働するという考え方も薄くなっている。何でも楽しんでやるのがいいという。楽しんでやるのは素人で、専門家は辛くてもがまんしてやるといわれたものだった。

医療は複合的な大きな産業である。私もここ数年、病院に取り込まれることになった。半年ごとにさまざまな高価な医療器械による検査をされるなどして、結局、病名がついたのは長年の喫煙に原因するという肺気腫くらいだった。昨年は前立腺癌ということで、検査に二日間の入院、放射線治療に五日間も通った。血液が凝固しやすくなると、「血液をサラサラにする薬」なるもの、肺気腫の進行を止める吸引式の薬など、今は四種類の薬を飲まされている。そしてこの薬をもらうために二つの医院、一つの病院に通わざるをえず、月に一度か二度は医療機関に行っている。大きな病院には医者、看護師、検査技師など直接医療に関係する者のほかに、総合案内だけでなく、各診療科にも受付がある。さらに会計などに関わる事務、用務員、掃除夫、調理師などもおり、相当の人員になる。

　また病院の外には薬局が必ず数軒ある。ほかにも開業医があちこちで医院を構え、そのため私の住む石神井公園駅の周辺でいえば、総合病院が一院、個人病院が一〇軒あり、薬局が三軒、ほかに量販店の薬屋が二軒あるという具合だ。そして病院だけでなく、薬局でも人が多くいて待たされる。

6　危機管理の甘さ——福井晴敏『亡国のイージス』・誉田哲也『国境事変』

　次々と打ち上げられる北朝鮮のミサイルが日本に脅威を与えているといわれ、北朝鮮がミサイルを開発し実験していることがイコール攻撃ではないのに、Jアラート（警報）のサイレンまで鳴らされている。そして膨大な赤字のうえに、さらに国防費とかの予算が加えられた。この怯え方は、危機管理がきちんとしていないことの裏返しだろう。というより政府は外国の脅威を生み出し、煽っている。

　福井晴敏（一九六八〜）『亡国のイージス』（平成一一年〈一九九九〉、日本推理作家協会賞、日本冒険小説協会大賞、大藪春彦賞）は、そういう国際関係における日本政府の緊張感のなさ、危機管理の甘さを直接的に問題にし、警告した物語である。

主人公の宮津弘隆は、吉田茂が総裁の頃、朝鮮戦争が勃発し、自衛隊の前身となる警察予備隊が発足した年、黒澤明『羅生門』がベネチア映画祭でグランプリを受賞した前年、一九五〇年生まれである。

父は旧海軍の技術士官で海上保安庁に勤めていて朝鮮戦争に関係し、海上自衛隊に入隊した。弘隆は「世間では学生運動が隆盛し、自衛官が税金泥棒と唾吐かれる時代だったが、それが学生生活に影を落とすことなく」防衛大学に入ったという。一九六〇年代後半のことである。海上自衛隊の生活が好きで、「曹士たちを相手に私的な勉強会」をもち「宮津学校」と呼ばれた。

日本の防衛は、「アメリカから装備品を買いつけるのも経済政策の一環と割り切る政治家と、庁益に固執し、下請け企業と懇《ねんご》ろの関係を維持したい防衛官僚との、最大公約数的利益でしかない」とし、冷戦終結によって、日米安保も国民の興味の対象から外れており、日米安保条約も改定して日本の主体を取り戻そうとしてもいいはずだった。それなのに、北朝鮮の核の脅威が起こって、アメリカに隷属したままで防衛システムを変える必要ができ、護衛艦のイージス・システム化が求められ、《いそかぜ》がその一号艦となった。

その北朝鮮内部で、独裁国家を国家として再生させようと目論む北朝鮮のスパイが、宮津の息子の隆史に接触してくる。隆史も父と同じように防衛大学へ進学し、「政府という、本来国民に奉仕すべき存在が、自身の組織維持のためには国民にババを押しつけて恥じない集団であること。半世紀以上かけても民主主義を使いこなせなかった国民の無節操」を論じ、この国に危機を自覚させようと「亡国の盾」という日本を憂える論文を書く。隆史は北朝鮮の諜報員と通じたため、公安に暗殺される。

《いそかぜ》の艦長宮津弘隆は息子を殺した国への復讐を直接的な動機に、日本の覚醒を狙い、北朝鮮の特殊工作員と組む。宮津は、かつて辺野古の米軍基地で起こり、大惨事になる可能性のあった「辺野古ディストラクション」と呼ばれる事故で暴発し、破棄したとされていたが実は隠蔽されていた、核兵器以上の兵器である「グソー」を奪う。そして、ミサイルに装着して、政府に息子の隆史暗殺の真実を公表するなどの要求を突きつけ、国家を揺るがそうとする物語である。

本作は、そういう日本の戦後社会に、あらためて民主主義とは何か、国家とは何かを問うているといっていい。その意味で、敗戦後の昭和という時代に、民主主義という体制が定着しなかったことそのものを問題にした珍しいミステリーなのである。

北朝鮮の脅威を直接扱ったミステリーに誉田哲也（一九六九〜）『国境事変』（平成一九年〈二〇〇七〉）もある。国境の島対馬で朝鮮半島からの観光客に漁業権を侵す者があり、地元の警察は手を焼いている場面から始まる。

東京の殺人事件を追う刑事が、北朝鮮の在日が関与していることを知り、さらにその背後に、北朝鮮の現在の体制を壊して新たな体制を作ろうとする一派がいることがわかる。その一派はアメリカのCIAと取引して、小型の原子爆弾ミニニュークを手に入れようとしている、というように展開していく。日本では警察と公安の対立、北朝鮮では現体制派と対立派というように入り組み、その騒ぎが危機意識の希薄である対馬に及んでようやく解決に至る、という物語である。

ミステリーで北朝鮮がもろに関係してくるのが珍しい。浦山桐郎監督、吉永小百合主演の『キューポラのある町』（昭和三七年〈一九六二〉）に、町から朝鮮人の家族が去ってゆく場面があり、私は後にそれが、北朝鮮が日本にいた北朝鮮系の人々を財産とともに帰国させたのを語るものであることを知った。

この物語のすごいところは、アメリカがミニ核弾頭を北朝鮮に渡そうとするという設定で、ミステリー好きの読者なら、国家を支える秘密警察の暗躍もありうると思うだろうことを示したことだ。

国家は、そういう部分をもって成り立っているというのが常識になっていたのである。

松本清張らの社会派と呼ばれる推理小説が、敗戦前の社会への不信として書かれたものが、平成期には国家への不信として定着させられたのである。もちろんこの不信は、日中戦争以来続く戦争を導き、敗戦をもたらした政府、軍部、そして天皇の造る国家に対する潜在的なものであった。

7 自衛隊の役割——月村了衛『土漠の花』・神家正成『深山の桜』

『国境事変』は、国家間の争いが国内では殺人事件や漁業権の侵犯のような問題としてあらわれることを語り、『亡国のイージス』は戦後の日本の危機意識の欠如、戦後民主主義への不信というような抽象論であらわれた。日本を守る軍隊ということからいえば、自衛隊の問題を語ることになるだろう。月村了衛（一九六三〜）『土漠の花』（平成二六年〈二〇一四〉、日本推理作家協会賞）は、その自衛隊がソマリアで海賊に対処する行動に従事した話である。

ソマリア海域の海賊に対処するため、各国の基地が設けられているジブチに自衛隊が活動拠点を置いて活動していたが、その自衛隊員一二名が、行方不明になった有志連合軍の連絡ヘリの捜査・救助申請に応じて、ソマリア（一九九一年、旧イギリス領が独立してソマリランド共和国になった）国境近くの、氏族間の抗争の絶えない地域に出動するが、搭乗員は全員死亡しており、帰還する途中で部族間の戦闘に巻き込まれ、ほとんどの隊員を失いながらも帰還する話である。

もちろん憲法九条に「戦争放棄」と記され、自衛隊が軍隊であるかどうかがずっと議論されてきており、このソマリア派遣も、平成二六年（二〇一四）、安倍内閣の集団的自衛権の行使を前提とする安保関連法の強行採決によって決定された。この物語では、攻撃されたときに武器を使っていいか、自衛隊の隊員たちは苦悩しており、結局、自分たちを守るために武器を使わざるをえない状況になったことを書いている。

当時のソマリアは、アフガニスタンから流入する麻薬や武器を他のアフリカ諸国やイエメンに密輸する窓口になっており、イスラム過激派組織も国境を越えて活動していた。冷戦時代に、東西両陣営から流入した大量の武器がソマリアの至る所に溢れている。ソマリアには六つの大きな氏族があり、それぞれが無数の小氏族に細かく枝分かれしており、それらの小氏族が際限ない内紛に明け暮れしているのが現状であるという。

そういうソマリアの特殊事情のなかで、有志連合軍の救出の任務で派遣された自衛隊の部隊が武装勢力と接触し、また部族間の戦いにも巻き込まれながら、自ら武器を使い、多くの死者を出しながら帰還するのである。ここには自衛隊が軍隊かというような葛藤は感じられず、戦いそのものを書くことに書き手の関心がある。まるでアメリカの中近東を舞台にした映画を見ているような緊迫感をもって書かれている。

月村には、至近未来を舞台に、二足走行有人兵器・機甲兵装の活躍や戦闘を書く『機龍警察』（平成二二年〈二〇一〇〉。完全版、平成二六年）もあり、戦闘を書くことに長けている。

この種のエンターテイメントには、船戸与一が南米、中近東、ベトナムなどを舞台にして書いていた冒険小説があった。こちらはいわゆる全共闘世代で、日本からはみ出した日本人を主人公にして、必ず反権力を基本にするものだった。一方、月村は自衛隊だけでなく、『機龍警察』では機甲兵装を操縦するのは三人の雇われ警官という設定の、型破りの警察小説があり、反権力というモチーフより、国家のもつ武力を書いている。

自衛官出身の神家正成（一九六九〜）『深山の桜』（平成二七年〈二〇一五〉、「このミステリーがすごい！」大賞優秀賞）も、平成二四年の南スーダンの国際連合南スーダン派遣団に参加した陸上自衛隊施設部隊の活動を書く。派遣先での自衛隊員の生活などが書かれ、目新しいが、やはり自衛隊が自ら戦闘に参加できない矛盾を書いている。

【昭和からのコメント】⑭：軍隊をもたない国家は存在しうるか

二〇二二年、ロシアのウクライナ侵攻は中国の台湾侵攻と重ねられて、日本でも脅威を感じ、憲法を改正し戦争放棄を止め、軍備を拡充しようといった方向が支持を広げている。憲法は、国家のあるべき方向を示していると考えれば、戦争放棄は人類史における夢であり、戦争放棄の条文があることで、世界に誇りうるものだと私は思っている。

軍隊のない国はある。薩摩に負けて以来、琉球王国は軍隊のない国家になり、四百年以上を経てきた。中国に朝貢し、薩摩には属国であるという特殊な事情ではあった。日本と中国の間でうまく国際的な関係を乗りきってきたということだろう。

現在、中米のコスタリカは軍隊をもたない国家としてある。隣国との関係、状況によって変化するだろうし、一般論としていえるわけではないが、軍隊をもたないということが不可能というわけではないと思う。なにしろ人類史の夢なのだから、世界に一つくらい憲法に戦争放棄を掲げる国があってもいい。せっかく存在する夢みたいな憲法をなくすことはないと思う。

8 次世代の人類の誕生——高野和明『ジェノサイド』

月村の作品は戦闘ものとでも呼べるとすれば、軍隊、警察ではないが、高野和明（一九六四〜）『ジェノサイド』（平成二三年〈二〇一一〉、日本推理作家協会賞、山田風太郎賞）も激しい戦闘が冒険小説らしく読ませるものになっている。

そしてこの物語は、人類の未来への希望としての現人類を遥かに超える知能と、情まで含むきわめて高い道徳性をもった心の動きをもつ、次世代の人類の出現を語る物語で、戦争のない世界を求める物語ともいえる。

この次世代の人類の誕生を排除して、現人類を守ろうとする現体制を支えるのがアメリカ大統領である。というより現体制そのものがアメリカであり、大統領なのである。「ハイズマン・レポート」なる文書で、将来の脅威としてウィルスさらに次世代の人類の登場を挙げ、その次世代の人類は現人類と生態的地位が完全に一致するため、どちらかがどちらかを排除することになり、結局、現人類を抹殺すると論ずる。

大統領は、アフリカのピグミーの夫婦から突然変異で生まれた幼児が、その現人類を滅ぼす新人類の登場として排除すべき存在と考え、抹殺しようとする。そのため、アメリカの民間軍事会社に雇われた四人の傭兵が、その新人類の抹殺を依頼される。だが、抹殺後にウィルス対策として飲むように各人に渡されていた薬が毒薬だとわかり、雇い主に逆らって、その次世代の人類の幼児を守って日本に連れてゆく物語になっている。

その次世代の人類、「現生人類から進歩を遂げた次世代のヒトは、大脳新皮質をより増大させ、我々をはるかに凌駕する圧倒的な知性を有するはず」で、「第四次元の理解、複雑な全体をとっさに把握すること、第六感の獲得、無限に発展した道徳意識の保有、特に我々の悟性には不可解な精神性の所有」者だろうとされ、圧倒的な知性で、人工衛星と交信して敵の情報を得るなどして、日本へくるのに重要な役割を果たしている。日本へその幼児を連れてくるのは、その次世代の人類の姉がすでに日本に連れてこられていたからである。かくして、ここから未来が始まるということになる。

次世代人類は、昭和五四年（一九七九）から始まったアニメの機動戦士ガンダムに登場するアムロを始めとする「ニュータイプ」が挙げられ、モビルスーツと呼ばれる人型ロボット兵器を巧みに操縦する特殊な能力をもつと設定された。機動戦士ガンダムは、宇宙戦艦ものを扱ったアニメブームが終わった今も続いている大ヒット作である。

物語は、地球から他の星への移住が盛んになった時代、地球連邦軍とシャア・アズナブルのジオン軍の宇宙における戦争を中心として、普通の子であったアムロが兵士となり、ニュータイプを自覚し、ガンダムを駆使して戦い、疲弊し、人間関係に傷つくなどしながら成長していく姿を描いている。この戦いは、ジオン軍も悪として典型化されておらず、正義の戦争でもない。このニュータイプの登場と合わせ新しい社会を想定している。

【昭和からのコメント】⑮：人類の獣性が戦争を起こす？

『ジェノサイド』の「ハイズマン・レポート」は、戦争が人間のもっている獣性によって起こるという考え方に立っている。そこで次世代のヒトは「無限に発達した道徳意識」を保有しているということになる。獣性は抑えられねばならないと考えられるからだ。これは人間を本能などからみる発想である。人間は生物の一変種と考えれば、獣性といっているものも、動物には草食動物のように基本的に他の種を襲わない動物もいる。同種では生殖行動として争うことはある。しかし広げた羽の大きさを主張したり、必ずしも暴力で相手を屈服させるものとは限らない。

この獣性という負の側からの動物への評価は、それを抑えることのできる人間を絶対化し、動物を劣ったものとしてみるキリスト教の考え方に基づいている。しかし少なくともわれわれ日本の文化は、動物を劣ったものとすることを絶対化していない。民話と呼ばれている民間伝承には、たとえば田螺《たにし》長者のように田螺に日照りから助けられる話もある。基本的に生物への畏怖がある。

私は動物を貶《おとし》めてみるのも文化と考えている。自分とは異なる他人との接触を負の側から表現したものが喧嘩であり、その延長に戦争があると考えている。人間は他と共存している。その間には協調と対立という二つの接触のしかたがある。協調は交易・同盟など、対立は喧嘩・戦争などである。この二つは絶対的なものではなく、場合場合で変わる。

テレビで、パプアニューギニアの小さな部族の戦争を見たことがある。山の下と上というわかりやすい状況で、あるとき山の下の部族が山の上に攻めてきた。理由は昔からそうだったということ、つまり理由などない。ただかつて攻められて人が死んだという理由の場合もあるが、それは戦争をしてきた結果による理由で、本質的には異なる人々との接触のしかた、関係のもち方なのである。

パプアニューギニアの部族の戦争は互いに七、八人の戦士が弓や槍を構えて向かい合っている。弓を射ても槍を投げても避け合ってなかなか当たらない。ようやく投げられた槍が山の上の戦士に当たり、倒れた。それで戦争は終わりだった。山の下の者たちが勝ったと雄叫びをあげた。誰も死ななかった。負傷者は担架を作り、麓の病院に運ばれたという。この二つの部族は戦争によって相手との接触を表現しているのである。

キリスト教の文化は神を絶対化しているため、絶対的な正義としての神と、それに対する悪魔という二元的な発想になる場合が多い。日本の文化は多神教的なもので、いくつもの真実があると考えており、絶対的な対立を避け、場合場合で使い分ける曖昧な文化である。何度も言うが、多様性を基本にしている。

このように、われわれが本能だとか、日本人の特質などといっているものは、歴史的なもの、つまり社会や時代によって変わっていくものが多い。人間とはこういうもの、男とは女とはこういうもの、などと決めてしまって、そのうえに立って考えることの不公平さや愚かさかは、歴史の見方を知っていればそこから逃れられるだろう。

第六章　異郷からの目

平成最後の年（平成三一、二〇一九）に、日本で最も権威あるミステリーの賞といっていい日本推理作家協会賞を受賞したのは、葉真中顕『凍てつく太陽』だった。第二次世界大戦の敗戦直前の時期を、北海道室蘭のアイヌと朝鮮徴用労働者を中心にして書いている。さらに下半期の直木賞が、一八世紀末の樺太を舞台にしたアイヌやポーランド人を中心にした物語、川越宗一（一九七八〜）『熱源』だった。

立て続けにアイヌを中心に据えたエンターテイメント小説が、その分野の代表作として評価されたのである。これまでアイヌを中心に据えたエンターテイメント小説は船戸与一『蝦夷地別件』（平成七年〈一九九五〉、日本冒険小説協会大賞）が目立つ程度だったと思う。ようやく平成の終わり近くになってアイヌが表現の対象になったのである。

それだけではない。平成三〇年の下半期の直木賞は、敗戦後の沖縄の日本復帰の年までを「戦果アギヤー」を中心にして語る真藤順丈『宝島』だった。その前年の平成二九年、池上永一『ヒストリア』（山田風太郎賞）が敗戦後に沖縄からボリビアに移民した者たちを書くことで、沖縄の戦中・戦後を語っている。

なんと平成の末、日本の北と南の「辺境」を舞台にして、日本の近代が書かれたのである。さらに敗戦後の台湾を舞台にした東山彰良（一九六八〜）『流』も平成二七年（二〇一五）の上半期に直木賞を受賞している。

これらの地域は、ほぼ近代になって日本に抱え込まれた異文化の世界でもある。その意図するところは、日本を境界あるいは外からみてみようという視点である。その意味では、架空の中世世界を舞台にした高田大介（一九六八〜）『図書館の魔女』も通じるところがあるといえよう。

1　見捨てられた沖縄——真藤順丈『宝島』

先に「第四章　歴史を求める」として、平成期は、歴史を振り返り歴史に帰ることで今を見つめ直す方向があることを述べたが、沖縄から日本の戦後史を見直そうとするミステリーがある。平成三〇年（二〇一八）に出た真藤順丈『宝島』である。この『宝島』には、敗戦後はここから考え始めるべきだという強いメッセージが示されている。

『宝島』は三部構成になっているが、第一部は昭和二七年（一九五二）から始まる。サンフランシスコ平和条約が結ばれ、占領軍アメリカの統治から日本が独立したのがこの年である。第二部で防共の砦として米軍統治下に残された沖縄が語られている。そして第三部は沖縄が「返還」された昭和四七年（一九七二）で終わる。といっても沖縄本島のど真ん中に、アジア最大の米軍基地、嘉手納基地がある。現在は嘉手納の代わりに辺野古に基地を移すことが日米政府で同意されているが、沖縄の基地負担は変わりなく、沖縄では嘉手納基地を辺野古に移すのではなく、返還する方向を主張する県知事が続けて選ばれている。『宝島』は、敗戦後「戦果アギヤー」が権力への抵抗として庶民に支持されており、逮捕され刑務所に収監されても抵抗し、後に沖縄返還の象徴的な人物となる瀬長亀治郎と一緒になったり、また「戦果アギヤー」の恋人であった女が教師になり、返還活動もしたりしていくさまなどを語る。そして結局、沖縄の日本返還が実現するが、基地はそのままで、とても受け容れるわけにはいかない沖縄の心情が、抵抗し続けた「戦果アギヤー」を中心に据えることによって表現されたのが、この物語である。

基地があるまま日本に返還されたことも、沖縄が望んだのではないことを語り、これから改めて理想郷であるニライカナイを求めて戦っていくことで語り終わる。いうならば、沖縄にとって、復帰した日本は求めた世界ではなく、これからも理想に向かって戦い続けねばならないというのである。

平成も終わった敗戦後一世紀近くになろうとしている現在、なぜアメリカ統治から日本に復帰した昭和四七年までの沖縄の、しかも「戦果アギヤー」を中心にした物語を語らねばならなかったのだろうか。敗戦後の沖縄では、「米軍から物資を盗むこと」を「戦果をあげるといい」、その物資を売りさばく者を「戦果アギヤー」と呼んだ。彼らを「ある意味ではヒーロー扱いをしていた」という（山里孫存『サンマデモクラシー』二〇二二年、イースト・プレス）。

「戦果アギヤー」は江戸時代の鼠小僧次郎吉と似ているのではないか。清水次郎長、国定忠治というような侠客《きようかく》の親分もいる。「日本」には江戸期以来こういう負の方向の英雄によって、社会の行き場のない不満を語る伝統が形成された。社会が閉塞的な状態において、人々の想いが負の側に像を結ばざるをえないといえばいい。それは社会を変えようという活力にもなる。

しかし沖縄では義侠と呼ばれるような話は、この「戦果アギヤー」以外に聞かない。江戸、大坂のような大都市が形成されず、都市民の自立度が低く、大商人と貧困層というような階層分化があまりなかったからではないか。

私は沖縄本島にはあまり行かず、那覇の文化人とのつき合いもほとんどなく、宮古、八重山のいわゆる先島にばかり行っていたからかもしれないが、「戦果アギヤー」の話は聞いたことがなかった。やはり侠客のような存在はいなかったのではないか。にもかかわらず、『宝島』は「戦果アギヤー」を中心に据えて敗戦後の沖縄、そして沖縄を語ることで日本を語ろうとした。

これは相当の冒険である。沖縄では伝統・文化ではなかった義侠とでも呼べるものが敗戦で「戦果アギヤー」としてあらわれたが、それが拡がったようにもみえないし、伝統を形成したようにもみえない。なかったものをもってきて、そこから沖縄を語ろうとしたといえるからだ。

たとえば、鼠小僧によって江戸期の都市社会を語ろうとするということは成り立つ。しかしそれほど、敗戦後の沖縄社会に実態がない「戦果アギヤー」を語ることで沖縄が語れるかといえば、難しいといわざるをえないだろう。といって、どのように敗戦後の米軍統治下の沖縄を、基地反対、戦争反対の闘争、デモなどを据えた政治的な運動のようなイデオロギーを掲げるのではなく、庶民の生活に近いところで語ることができるだろうか。『宝島』の取った方法が、少しでも敗戦直後の生活を可能にする「戦果アギヤー」への共感に、政治的ではない方向を与えることだったと思われる。いうならば強盗などの犯罪を悪としてではなく、弱者の側の抵抗として語ることだったのである。

【昭和からのコメント】⑯：昭和には不良がいた

この負の側からみる方向は、現在の日本を考えるうえでの手がかりになる。特に昭和の時代には、高校くらいから不良っぽい格好をした者たちがけっこういた。不良っぽいというのは不良がいたからである。不良っぽい者たちは見ただけで判断できた。高校をしばしば休むのではなく、ほとんど普通の高校生の生活をしている。彼らは不良に共感しつつ普通の世界からはみ出しすぎることにもためらいがあり、しばしば不良っぽい髪型をし、制服を崩して着、外れを気取っていたのである。

彼らのなかには、実際にヤクザになっていく者もいた。私は高校を卒業後、新宿歌舞伎町で突然話しかけられたことがあった。彼はヤクザの匂いを漂わせていたが、高校の同級生だった。何かあったら俺の名を出してくれとかっこつけた。まだそんな顔には早いだろうと思ったが、そうさせてもらうよ、と別れた。

昭和にはまだ目立つのをためらう雰囲気があった。私が高校の時、学生服は堅苦しくて着にくいと感じていて秋にセーターで登校したら、上級生数人から校舎の裏に呼ばれた。暴力をふるわれることはなかったが、生意気だと警告された。一度だけで、それ以上のことはなかったが、私にしてもポリシーがあったわけではなかったので、また呼び出されるのは面倒で、セーターを着たり着なかったりしているうちに冬になった。

歌舞伎町といえば、石原慎太郎が都知事のときの平成一五年（二〇〇三）に、「歌舞伎町浄化作戦」なるものが行われ、歌舞伎町を家族でも楽しめる街にしていった。後で考えてみれば、ヤクザがあまり目立たなくなっていく頃だった。少なくとも都立高校には制服がなくなり、不良っぽい高校生が目立たなくなったのである。

ところが一方で、区立の中学校で、私の娘のことで知ったのだが、バレーボール部に入るとユニフォーム(制服)を買わされ、さらに学年が変わるとユニフォームを買い替えろといわれ、娘も指導者が公平でなく、ひいきすることに嫌気がさしていたこともあり、部を辞めた。学校に抗議した父兄もいたようだが、取り上げられなかったという。もちろん指導者にリベートが入っていたに違いない。逆にいえば、制服以外にも生徒がいくつかの服をもっていなければならなくなり、消費に貢献することになる。こういうことが普通になった時代になりつつあった。

社会を壊すような思考や感性は嫌われ、不良っぽい若者はいなくなる。負の側の英雄を求めなくなっている社会になっていったのである。

歌手たち、芸能人とプロスポーツ選手が、正の世界における子供たちの「夢」を導く英雄になった。スポーツ選手自身が子供の夢を育てているように偉そうなことを恥ずかしげもなく語る。正の社会から外れた者が英雄にはなれなくなった。社会からはみ出し難くなっている。敗戦後、よい世界を求めて戦ってきて、豊かになってみると、やはり今の社会は何かが違っていると思っても、それを吸収するものがなくなっていったのである。

そういうなかに、この「戦果アギヤー」がある。しかも「戦果アギヤー」からもう一度戦後を見直してみようというのである。「戦果アギヤー」は犯罪者、敗戦という特殊な状況における、いうならば義侠である。

この負の側とは、沖縄において民俗を色濃く伝えてきた世界と地続きのものであった。民俗社会では、若者は子供と大人の境界で、少しくらい悪さをしても若者だからしかたないと許された。

一九六八、九年の頃、東大前の本郷通りの商店街は全共闘の学生たちに対して比較的寛容だった。たぶん世界的に若者の反乱には好意的な文化があった。大人たちも、かつて若い頃はみ出した体験を共有していたのである。社会は多様なものを抱え込み、それを現在の体制のなかに収めていくものであったから、社会が本質的にもっている変化の要素を、若者という時期に発揮させていたと考えればいいかもしれない。

一九八〇年代末から九〇年代に社会主義国の崩壊があり、学生運動だけでなく、労働運動もほとんどなくなり、若者が観念で生きることもなくなっていった。平成期、若者たちは体制に組み込まれ、飼い馴らされてしまっている。若者たちの反乱はなくなった。

世間から外れた者の側から書いている黒川博行（一九四九〜）『破門』（平成二六年〈二〇一四〉、直木賞）は、いまヤクザの下っ端が食えるのはシャブの売買と振り込め詐欺くらいだろうが、シャブは捕まると初犯でも三年から五年の実刑、振り込め詐欺は数百万円の初期投資が要るという。

そう、セツオのようなヤクザには成り上がっていく道筋がない。経済活動というステージにおいて、個人事業者であるヤクザは堅気の何倍もシノギが厳しいのだ。

と、現在のヤクザ、特に若いヤクザの生き難さを書いている。

「第二章　多様性とは」で述べた「多様性」と通じている。地方の再生は若者が求めている新しさを中心にして地方の残存している古くからの文化を取り込むことという発想は、どこもそれほど差のない文化になってしまうものでしかなく、地方の再生ではなく、都市文化に組み入れられるだけだろう。

2　戦争は終わっていない——池上永一『ヒストリア』

『宝島』の前年に山田風太郎賞を受賞した、池上永一『ヒストリア』も沖縄における敗戦を語っている。

敗戦直前、沖縄中部で激しい艦砲射撃に遭い、至近に落ちたのが不発弾ゆえ命は助かったが、その衝撃でマブイ（霊魂）の一部を落とした少女が、政府の奨励で南米のボリビアに渡る。農地として密林を開拓し失敗するが、その後ようやく農民として成功する。そして日本に復帰した沖縄に二五年ぶりに帰って、落とした霊魂を自分に合体させようと、マブイを落とした村に行く。そこは米軍の実弾射撃訓練場になっており、マブイは戦中と同じ恐怖を抱かされ、「私の戦争は終わっていない」と嘆く話である。

物語は、この少女（女）のどんな環境にもめげず、智恵をめぐらし、それこそたくましく活き活きと生きていく姿を書いていて、痛快といっていい。

池上は平成六年（一九九四）に霊能者ユタを主人公にした『バガージマヌパナス』（共通語に訳すと、私の島の話。日本ファンタジーノベル大賞）を書いており、ユーモアのある軽快な文体で、読ませる。

『宝島』『ヒストリア』と二冊の小説が平成も終わりのほぼ同じ時期に、敗戦から日本復帰までという同じ時代を書いているのはどうしてだろうか。

この時代はアメリカユー（アメリカ統治時代）と呼ばれているが、沖縄の四分の一近くの人が亡くなり、肉親、親戚、友人などを殺されて、占領軍に従順でいられるわけがなく、いわゆる平和が訪れても民心は落ち着くはずもなかった。死者たちの霊魂が溢れ、さまよっていた。物資の豊かな米軍キャンプから生活物資を盗む「戦果アギヤー」がある程度にせよ人気を得ていたり、敗戦後の混沌はいわゆる犯罪も許容される雰囲気があった。『宝島』は、サンフランシスコ平和条約が締結される以前の、みんなが暮らしやすい世界を求め活気のあった雰囲気を語り、沖縄の日本復帰以前を語る。そして『ヒストリア』はボリビアに移民して、航空機の賊《ぞく》である「空賊」を働いて稼ぎ、キューバ危機を救い、沖縄からの移民の社会であるコロニア・オキナワの定着と繁栄に至る過程を語る。

だが、沖縄に帰ってみると何の解決もなく、分離させられたマブイはそのままという。復帰してみても何も終わっていなかった。マブイも離れたままなのである。

そして二作とも、あらためて敗戦後の時代に戻って検討してみようと言っている。先に「戦果アギヤー」の意味で引いた山里孫存『サンマデモクラシー』は、それをしている。

アメリカ統治下の沖縄で日本からサンマを輸入していたことがあった。サンマは肥料などにも使われたが大衆食として売れ、琉球政府から二〇パーセントという高税金を課せられたため、鮮魚輸入業者の玉城ウシが裁判を起こし、いったんは勝つ。だが、アメリカの高等弁務官のごり押しで負け、後に別の業者がサンマの税の不当を訴える。しかし、高等弁務官が政令を変えて課税を可能にしてしまった。

その反対のなかで復帰運動が盛り上がっていくという流れを追っている。しかしやはり復帰になっても沖縄の要求は受け容れられず、民主主義が問われていると締めくくっている。

3 台湾から——東山彰良『流』

ミステリーとはいいにくいが、そして日本国内ではないにしても、地理的な条件から沖縄と関係の深かった台湾を舞台にした、東山彰良『流』（平成二七年〈二〇一五〉、直木賞）にも少しだけ触れておこう。

台湾は日清戦争によって日本の領土になった（一八九五年）が、第二次世界大戦の後、中国国民党政府が中国共産党に敗れ、中華人民共和国が成立し、国民党は台湾に逃げてきて統治者となった。

その台湾で育った葉秋生が、総統蔣介石の死の年、祖父が殺された理由にこだわる。そして、山東省で共産党にくみした多くの村人らを殺した祖父の地を訪ね、国民党と共産党との戦いに巻き込まれた人々は主義・主張ではなく、人間関係において争い、そして親が殺されれば子が報復するというような、古くからの抗争であることも確認する話になっている。しかし、祖父が殺した人の息子を父が引き取って育て、その男が自分の叔父となっていたことがわかる。親族も入り組んでいることになる。その叔父が祖父を殺した。そして秋生は祖父に殺された一族の少年に撃たれるが、叔父に助けられ、帰国し、つき合っていた女と結婚し、子を授かるのである。

台湾は原住民、明時代に渡ってきた中国人、そして共産党に敗れ台湾に渡ってきた中国人と、大きく三層に分かれている。最後に渡ってきた国民党系の中国人が支配するという複雑な国家になっており、近代的な国民国家を形成し難い状況がある。そういうなかで、主人公の葉秋生は祖父の時代に渡島し都市民を形成した三代目である。その意味で、この小説では現在の台湾がどのように形成されたかが語られている。

だが蔣介石が台湾に逃げてきて政権を作る以前は、日本の統治時代であったのに、その影響にはまったくといっていいほど触れられていないのはなぜか、気になる。

なお先に昭和期の不良のことを書いたが、葉秋生についてはいわゆる不良と呼んでもいい、はちゃめちゃさが書かれている。それが青春期をよくあらわしているが、同時に台湾に国民党が入ってきてからの青春期でもあるのだろう。今は中国に属すか、独立するかでもめている。

著者の東山彰良は中国山東省出身で抗日戦士である祖父をもち、台湾で中国人の両親から生まれたが、広島、台湾、福岡などで過ごしたという経歴をもつ。中華民国の国籍をもつ。台湾出身で日本の大学を出、日本語で文章を書いている。この『流』はタイトルにあらわれているように、自己のアイデンティティを求める彷徨《ほうこう》といえるだろう。

4　アイヌからの目——葉真中顕『凍てつく太陽』・川越宗一『熱源』

葉真中顕『凍てつく太陽』（平成三〇年〈二〇一八〉、日本推理作家協会賞）は、第二次世界大戦の敗戦間近から敗戦直後の北海道を舞台にした物語である。

主人公日崎八尋の父新三郎は、アイヌの学校を作る。「研究所」で薬を作り、村人を治療するなどアイヌの人々に尽くしていたが、鳥兜《トリカブト》由来の毒薬も作っている。母志摩子はアイヌの鳥兜の毒を伝える家系の出で、新三郎がその毒の研究で出入りしているうちに恋仲になり、八尋をもうけた。

アイヌを強制的に移住させた農村の畔木村で生まれたが、その畔木村で新三郎はアイヌに農耕を教え、豊かにさせた。八尋が一一歳のとき、熊に襲われて両親を亡くす。父を手伝っていた畔木利市は、やはりアイヌの娘と結婚するが、徴兵されて、ガダルカナルで戦死した。

八尋は現在二五歳で、特高課の内鮮係をしており、工場からの朝鮮人の脱走を調べるために飯場に潜入し成果をあげる。だが、室蘭の「愛国第三〇八工場」に勤める軍人で、労働力としての朝鮮人人夫たちの統括をする金田行雄少佐と、朝鮮人を監督する伊藤博が鳥兜を使った毒薬で殺された事件で、八尋は父新三郎の作った鳥兜の毒薬をもっていたとして逮捕され、網走刑務所に収監される。

八尋は朝鮮人のヨンチュンとロシア人のドゥーバブとともに脱獄し、畔木村でアイヌの長老に助けられる。軍は、カンナカムイ（アイヌ語で雷）と呼ばれるウラン爆弾で敗勢濃厚の戦局を打開しようとする。だが、八尋らと、ガダルカナルで畔木利市と仲良くなり、敗走し飢餓のなかで自分の肉を食って生き延びてくれと死んでいった利市の同郷の戦友、室蘭署の刑事能代が阻止する。

敗戦後、ヨンチュンは東京で北海道から運んだ食べ物を売り、北海道では東京の進駐軍の放出物資を買って売るという、いわばヤミ商売をして儲けている。八尋も誘われる。

というような展開で、アイヌ、朝鮮人、ロシア人、そして母がアイヌと、いわゆる日本人からはみ出した者たちが大日本帝国を築いた日本の秩序に抗し、差別、迫害されながら、人種や民族などに対し、個人として考えることを知っていく話である。設定としては中上健次（一九四六～九二）の未完の遺作『遺族』（昭和五九年〈一九八四〉～平成四年〈一九九二〉）を思わせる。

ヨンチュンは、民族なんて、

案外、服みてえなもんかもしれねえよ、国だの民族だのってのは。裸で歩き回るわけにはいかないから、何かを着ることは着る。その服が気に入ってんなら大事にすりゃいいさ。でもよ、俺たちは服に着られてるわけじゃねえし、服のために生きてるわけじゃねえ。いざとなったら、自分の都合に合わせて、適当に着たり脱いだりしたっていいんだ。

と言っている。

八尋は、いわばヤミ屋をやろうとしているわけで、『宝島』の「戦果アギヤー」と似ている。とすれば、なぜ同じいわゆる法律を犯すヤミ屋なのだろうか、という問いに行き着くだろう。

敗戦後の社会は、今まであった秩序が壊れ、混沌とした状態になった。ヤミ屋はそういう社会を象徴するものだったのである。そのような戦後の混沌を可能性のあった状態としてみてみるのがいい。結局、この物語はいわば大日本帝国の秩序が崩壊した敗戦直後の状況の可能性を語っているのである。混沌から秩序が生まれてくる。

では、現在はどうなっているのだろうか。理想的な社会になっただろうか。敗戦から半世紀以上の歴史を経て、現代がどうなってしまっているかを知っている目からははっきりしている。

私がしばしば見て回っていた沖縄からみれば、敗戦から半世紀以上経ったのに相変わらず多くの米軍基地を強いられている。

宮古島でいえば、復帰にともなう国家の振興政策で多くの森が伐採され開墾されてサトウキビ畑になったが、放棄される土地も出ている。小さな船が数艘しかいない小さな港でも、巨大なコンクリートの防波堤が造られ、景観を壊し、海の彼方から神々を迎える拝所の祭祀は、海を遮るコンクリートの壁に向かってのものになっている。

宮古では「宮古島の神と森を考える会」（事務局佐渡山安公、平成六年〈一九九四〉結成）が、開発によって神々のすむ森が破壊されていくことに疑問を呈している。

出版されたのは令和になってからだが、書かれたのは平成期だから、川越宗一『熱源』（二〇一九年）に触れてもいいだろう。『熱源』は樺太（現在ではサハリン）を舞台に、北海道に移住させられたアイヌ、ロシア皇帝を暗殺しようとして逮捕されサハリンに流されたポーランド人を主人公にして、第二次世界大戦の敗戦直後の頃までを書く。

ポーランドはロシアに支配されており、独立を目指していた。サハリンは近代でまずロシアの領土となり、その時に北海道に来たアイヌもいた。ポーランド人も流刑でサハリンに来ていた。このポーランド人は、ロシアのアイヌ文化研究の基礎を作ったブロニスワフ・ピウスツキという実在する人物である。彼はロシア皇帝を暗殺しようとして逮捕されサハリンに流刑になり、そのサハリンで原住民のアイヌ、ギツヤークに接触して、その文化に関心をもち、調べ、記録を残した。日本人では国語学者の金田一京助がアイヌの神謡であるユーカラを研究しており、本書にも登場している。

その意味で、本書は民族学的な視座ももっている。『凍てつく太陽』では、民族が共存しつつ差別のない状態を掲げているが、本作では、未開とされてきた民族の文化への視座をもっている。

ただし、物語の展開とその民族の文化との関係が明確に語られていない。金田一京助が登場しても、この近代社会のなかにおいて民族の文化はどう位置づけられるのか、明瞭に語られているわけではない。

そういう不確かさはありつつ、かつては日本領だった樺太を舞台にして、アイヌとロシアに支配されていたポーランド人の流刑者から語ることで、日本の近代を、内部に抱え込まれていた外部からみようとしたものということができる。

何が語られたかというのはあまり明確とはいえないが、国家の動向によって翻弄される個人とでもいえばいいのかもしれない。終わり方が、第二次世界大戦の終了後に樺太から北海道に逃げようとして、ソ連の攻撃にさらされた日本人が書かれていることで確かである。

5 自然破壊と開発――鳥飼否宇『樹霊』

もう一冊、北海道のアイヌ文化を金儲けの対象にしようとしたことを問題にしたミステリーに触れておく。鳥飼否宇（一九六〇〜）『樹霊』（平成一八年〈二〇〇六〉）である。鳥飼には『中空』（平成一三年〈二〇〇一〉、横溝正史ミステリ大賞）、『死と砂時計』（平成二七年〈二〇一五〉、本格ミステリ大賞）などの受賞作がある。

植物写真家の猫田夏海は巨樹の本を作ろうとしていて、ハルニレの巨樹が動いた話を聞いて、北海道日高郡最奥部の占冠《しむかっぷ》村に来る。役場の地方振興課の鬼木洋介が、ナナカマドが動いたと教え案内する。アイヌの伝承では巨樹が動くのは吉兆という。

占冠村は、地方の再生計画としてアイヌの文化を伝える「神の森ワンダーランド」というテーマパークの建設を掲げたが、新村長が白紙に戻そうとして土木・建設企業と対立、大幅な規模縮小で進められることになっていた。反対派でアイヌを代表する道議土谷松吉が行方不明になり、地方振興課の鬼木も殺される。夏海の大学で野生生物研究会の先輩だった鳶山久志が来て解決するという物語である。

木が移動するという謎がおもしろい。人類学者フレーザー『金枝篇』（一八九〇～一九三六年）に、森が動くというモチーフがみえる。王の交替をあらわすという。黒澤明監督の映画『蜘蛛巣城』（一九五七年）がこのモチーフを使っているが、黒澤はシェークスピアの『マクベス』から想をえたことを語っている。

『樹霊』では地震が多発しており、最初は地滑りによって起こったが、二度目は木の移動もあった。その謎解きはこの小説を読んでもらいたい。このかんたんな概略では、開発賛成派と反対派の争いという図式にみえるが、もう一ひねりある。反対運動に関わっている弁護士吉兼佳代子の「地球上のすべての生き物は保護されるべき権利を持っている」という「自然の権利」の考え方から、乱開発を越権行為だというのに対し、ウタリ協会の山澤勇一は、

アイヌは昔から自然や生き物と共存してきた。動物や植物などの自然の恵みをいただくときには搾取《さくしゅ》しすぎないように、その生き物が次の世代まで存続できるように気をつけてきた。万物に宿る精気を神と崇め、畏怖の念で接してきた。そのアイヌが自

然を虐《しいた》げているというのか

と反発するが、吉兼は、

欺瞞《ぎまん》にすぎないわ。自分たちは自然破壊に寄与していないなんて考える時点で傲慢

ね。すべての人間は生きながらにして自然を破壊しているの

と言う。もっともな反論だ。農耕は一種類の植物の栽培に特化して、他の植物を排除する。しかも毎年繰り返し同じ植物を栽培するから、地力は消耗し肥料を与えなければならなくなる。農業を始めたときから大量の自然破壊が起こった。だからといって、自然破壊はしかたないといっていいわけではない。吉兼は、

少なくともわたしはそのことに自覚的だわ。アイヌの人々だって日本人だって、おそらく大昔はそれに自覚的だった。自然の一員として生きていた。（中略）残念ながらいまの時代は違うわ。いつの間にか人間が土地を所有し、すべての生き物の生殺与奪権を振りかざすようになった。ヒトだけが神の作ったルールの外に出て、みずからル

ールを作り変えようとしている
と言う。もちろん「自覚的」だからいいというようにはならない。ほんとうは、「大昔はそれに自覚的だった」かどうかもわからない。神々の領域を侵すことは罪であり、災害などの罰がくだされた。これを自然破壊などと考えていない。たぶん自然破壊というような概念はなかった。自然破壊という観念が起こるのは近代以降、大量生産が始まる産業革命以降のことであろう。

そういうように、歴史、社会のなかで考え始めねばならない。現代の考え方を異なる時代にもあるように考えるのは、ほかの時代や社会の固有性を認めない傲慢なものにすぎない。

6 民俗、民俗社会を探る――川瀬七緒『よろずのことに気をつけよ』

異なる目から日本を見返すといってみれば、川瀬七緒（一九七〇〜）『よろずのことに気をつけよ』（平成二三年〈二〇一一〉、江戸川乱歩賞）、三津田信三『水魑の如き沈むもの』（平成二一年〈二〇〇九〉、本格ミステリ大賞）など、急速に薄れつつある民俗、民俗社会から現代を見直す方向もある。

民俗社会の特徴として閉鎖的であることがいわれるが、ある村が自立的にその村の文化を伝えていることが、ほかからは閉鎖的にみえる場合が多い。この閉鎖性は、それぞれの社会がもつ習慣性が外部との接触で摩擦を生じ、事件が起こることがあるわけで、敗戦直後から横溝正史が疎開体験をもとに『本陣殺人事件』、『悪魔の手毬唄』、『八つ墓村』などを書き、探偵小説の領域を広げた。

横溝だけでなく、疎開は児童の学校単位の集団疎開もあり、都会の人々に共通の地方体験となった。疎開によって地方が身近なものになったのである。昭和三〇年代になると、松本清張も地方の伝承などを使った推理小説を書いているが、戦後の復興により生活にゆとりができて、旅がブームになっていくことと関係している(古橋『ミステリーで読む戦後史』平凡社新書、二〇一九年)。

『よろずのことに気をつけよ』は、四国の山奥に伝わる「いざなぎ流」の呪術師という、現代社会にあるオタクと呼ばれることもあるマイナー、マニアックな分野への関心について書かれたものであり、横溝正史や松本清張とは異なっている。ただ呪いの呪術を前近代的なものの負の部分を語るものとして受け止めれば、現代社会のもつ暗さの象徴として前近代社会の民俗、呪術を書いていると思える。

物語は、文化人類学者仲澤大輔が、祖父砂倉健一郎を呪い殺されたと考えた砂倉真由の訪問を受けることから始まる。結局、この殺人は昭和二六年（一九五一）に、当時流行したスノーハイクに福島白河近くの山に来た若者たちの自動車に轢き殺された、地元の子供たちの親である、今は老人になった者たちの復讐だったという。平成期になっての復讐と考えてみると、この復讐は、昭和の敗戦、復興、繁栄、バブルと激動の時代にではなく、落ち着いてきた時代を意味しているかもしれない。昭和のツケが平成で払わされる。

その老人たちは、高知のいざなぎ流の太夫の流れで、呪いの呪術をもつことで追放され、福島白河の山中に密かに暮らしていたという。まさに過去からの復讐、つまり昭和期に壊してきた伝統的なもの、民俗社会の復讐である。

【昭和からのコメント】⑰：呪いの呪術

高知のいざなぎ流は、小松和彦『憑霊信仰論』（昭和五七年〈一九八二〉）によって知られるようになり、いざなぎ流の太夫にほぼ弟子入りして記録・研究していった斎藤英喜『いざなぎ流　祭文と儀礼』（平成一四年〈二〇〇二〉）が実態まで含め詳しい。

いざなぎ流は、建物を建てる際に地の神を鎮める祭文など生活に関わるさまざまな神々との接触が円滑に行われるように祈る祭祀者、呪者の集団をいい、前近代社会ではごく普通に存在していた。

私は、同じような活動をする鹿児島や大分の盲僧の話を聞いたことがある。いざなぎ流が目立つのは呪詛《すそ》の呪術をもっていることが表面に出たところにある。誤解のないように触れておけば、いざなぎ流だけでなく、ほかの呪術者も呪いの呪術をもっていたはずである。

近代社会は、いわゆる科学によってこのような呪術を否定していったことで成り立つ。科学とはどこでも成り立つような普遍性に最も価値を置く考え方で、たとえば人種や宗教を超える人類というような概念で人間をみる見方である。近代はどこに行っても成り立つ市民という概念で、世界を共通に考える見方を可能にした。

しかしこの普遍という概念は、一人一人の個別的な状況、個人の抱く情などはいったん考慮から外すことになる。近代は個人を対等にみなす人間という概念を造ることで、逆に個人はそれぞれの生きる責任を負わされることになったのである。

呪いの呪術のような、個人の感情に関する部分は個人の心に沈殿するしかない。裁判が、殺された者の遺族の感情を考慮するようになったのも、そういうことが意識され、意味があるとされたからである。

しかし公平性を保つのは難しくなる。文化人類学者の渡辺公三さん（一九四九〜二〇一七）が、アフリカの二度目のフィールド調査から帰国して会ったとき、私が今回気になったことは何かと訊くと、即座に、急速に社会が変わっていき、若者が変化を主張し、老人の居場所がなくなるような状況が起こっている。それに対して追い込まれた老人が呪術者に頼んで呪いをかけることがある。ところが、この呪いの呪術が効かないのだと苦笑いしながら話していたことがいまだに忘れられない。

この話は、呪術は共通する文化をもっていることで初めて効果を発揮することを示している。この老人や呪術者はどんな想いを抱きながらこの世を去っていったのだろうか。数々の滅んでいった先住民たちの想いは当然ながら、自分が信じてきた世界そのものが崩壊していることを自覚させられ、さらに同じ部族の若者さえ、異なる文化をもつ異人になってしまっていることを自覚させられてきた絶望を思った。

7　民俗社会の没落――三津田信三『水魑の如き沈むもの』・熊谷達也『邂逅の森』

三津田信三『水魑の如き沈むもの』（平成二一年〈二〇〇九〉、本格ミステリ大賞）は、敗戦後の社会で民俗社会の信仰を書くと同時に、祈雨による雨降りの呪術の効力をより強くするため、近代社会では禁じられた生け贄を復活させようとしたが、それが結果的に殺人を引き起こすことになってしまう物語を書いている。

この話は、満州引き揚げ者の母と子、兵役忌避者、伏龍特攻隊に属した帰還兵などのいる戦中から敗戦後の社会を背景として、呪術が信じられなくなっていくなかで、呪術を守ることで地域共同体を維持していこうとするものである。最後は干魃《かんばつ》を克服しようとする儀礼が成功したが、さらに大雨になり、大水害となって四か所の村が崩壊してしまう。農業を支える水を中心にした、新たな地域社会を再生していこうとする物語といえる。

横溝正史が、「封建的」を克服していこうとする社会のなかで伝統的なものを語るのとはいささか異なり、それまで社会を成り立たせてきた観念による祭祀は成功といってもいい成果をあげつつ、大水害によって崩壊すると語るのだから、結局、降雨祈願の祭祀の最後を象徴的に語っているといっていいだろう。これまでの四か所の村の体制も変わり、水利組合も変わり、祭祀組織も変わるだろう。滅んでいくものへの哀惜と新たな地域への希望が同時に語られている。

三津田信三はほかにも『首無の如き祟るもの』（平成一九年〈二〇〇七〉、本格ミステリ・ベスト・オブ・ベスト10 一九九七〜二〇一六年第一位）など『……の如き……もの』という題名で、かつての民俗社会に起こった事件を、民俗社会に詳しく怪談・奇譚《きたん》を採集している小説家が解決していくシリーズを書いている。

しかし横溝はかつての民俗社会が残されている時代のなかで書いているが、三津田が書いているのは失われたといってもいいような現代においてである。そこに民俗に関心の深い小説家を設定して語るという方法がとられている。そのようにしても語りたい民俗社会とは、いったい何だろうか。

『水魑の如き沈むもの』では、かつての社会への哀惜と同時に新しい社会への希望が語られていた。しかし、その社会がどのようなものかは語られていない。この物語は社会がどのように成り立っているかが語られているから、そこから推量すると、その社会を成り立たせる根幹のもの、つまり農業を支える水、それをその社会全体で長い時間をかけて共同の観念を作り出して守っていく。そしてそれは変化していくものでもある、ということなのだろう。

このように観念的に説明しなければならないのは、やはり祭祀、信仰が切実なものではなくなった時代だからである。それがなくなっている、この現代の状況が、作者が期待するほど、物語の世界が怖くは感じられないのではないかと思われる。

しかし前近代社会、民俗社会の暗さは、社会というものが常にもつ矛盾、多様な人々が集まりながらまとまって生きなければならない本質的な矛盾があり、その矛盾は解決不能でありながら社会は存続しなければならないという絶対性から生まれたもの思われる。

明るさばかりを表面化させようとする現代社会は、むしろ住民全員から帰属意識を奪っていくだろう。

ミステリーという範囲を超えているが、近代日本における農民ではなく、山人を書いた熊谷達也（一九五八〜）『邂逅の森』（平成一六年〈二〇〇四〉、直木賞、山本周五郎賞）もある。こちらは秋田の山人の松橋富治がマタギになり、社会の変化で一時銅山の鉱夫をやらざるをえなかった時期はあるが、ふたたびマタギに戻り、山の神のお告げでマタギを辞めるに至るまでの物語である。特に命がけの熊との死闘がリアルに書かれていて読ませる。最後の場面は昭和一〇年（一九三五）で、不況になって、労働運動の弾圧が激しくなり、日中戦争が始まる少し前、大日本帝国が戦争に突入しつつある時期である。こういう歴史意識が本書にはある。

鉄道が敷かれることでマタギも移動が楽になったこと、富治が鉱夫になったあたりは第一次世界大戦後の好況が語られ、富治がマタギに戻った頃は軍隊が寒冷地で戦うために多量の毛皮が必要となり、狩猟に関係する者が多くなったことなど、社会の変化に対応して語られている。

兎やかもしかがそういう狩猟者に狩られ、マタギは彼らが手を出さない熊を狙う場合が多くなった、というように歴史が語られているわけだ。

したがってこの物語は、近代を別の視点から語ったものといえる。柳田国男『遠野物語』が山人の伝承を語り、日本民俗学の初期となったように、日本の社会は農耕民の周辺に海人や山人などを抱えて民俗社会があった。そちらから近代を語ることによって、別の近代がみえないか、そういう問いを本書から読み取ることができる。

8　異郷の国、図書館――高田大介『図書館の魔女』・北山猛邦『少年検閲官』

日本を語るのではなく、別の世界を語ることで、社会とはどのように成り立っているのか、どのように動いていくのかを探ろうとする方向がある。高田大介『図書館の魔女』（平成二五年〈二〇一三〉、メフィスト賞）、阿部智里（一九九一～）『烏に単は似合わない』などである。

『図書館の魔女』の物語は、魔女のいる図書館をもつ一ノ谷に都を置く王国が中心となって、多島海の沿岸諸国と同盟を交わして平和が続いていた。だが、西大陸の、他とは異なる世襲に等しい帝政を敷いて、官吏登用試験で選ばれた優秀な官吏と宦官によって組織されている国が、策略と軍事力で新しい秩序を目指している。そこで図書館の魔女とその側近の女が中心になって、動乱に向かいつつある状況を策によって治め、平和を維持しようとする物語である。

この魔女が状況把握力と思考力によって世界を動かすことができるのは、図書館に依拠し、あらゆる書物を読み、世界とはどういうものか、透徹した目を育てていることにある。もちろん書物をたくさん読んでいても透徹できない人のほうが多い。自分の世界に取り込むだけでは知識は増えても、さまざまな思考の積み重ねの果てに可能な透徹には至れないのだ。つまり書物を読むとは、いったん自分を放棄して、そちらの世界に身を委ねることでなければならない。それが多く積み重ねられることで、あらゆる世界に対応できる状況把握能力と感受性、思考力を手に入れることができるのである。

その意味では、この魔女は年齢不詳にしろ、それ相当の年齢であるべきで、この物語の魔女は若すぎる。それが凡人には不可能な読書人を魔女という名称で補っている理由とみていい。魔女は基本的に年寄りである。沖縄の宮古島では霊能者が「むぬしり（物知り）」と呼ばれている。世界のあり方、仕組み、歴史を知っているのは普通の人には不可能で、神から教えられたからという考え方で、霊能者は「物知り」なのである。魔女は人を超える長い経験の積み重ねで得られる知を身につけている存在なのだ。

この図書館、魔女という設定は当然、読者をヨーロッパの中世という舞台に導く。図書館に並べられた書物の背表紙を思い浮かべるのは、もちろん古文書、粘土板は平積みだろうが、大量の書物が並べられている像だからだろう。やはり中世のキリスト教の修道院を思い浮かべる。

この物語が語るのは、国家間の争いは図書館の魔女のいわば策略によって回避されるということである。政治は王、宰相などによって宮廷で行われるはずなのに、時間も空間も超えた書物を集めたむしろ現世、現実から隔離されたかのようにみえる図書館という、静かな場所の魔女、司書が中心になって、いわば策略がめぐらされて、平和が持続される。図書館こそが政治を行い、平和をもたらすのである。

図書館に集められた時間と空間を超える膨大な知に基づいて、初めて公平に世界をみることができる。そして書物は言葉によって書かれている。つまり政治も、何にも根幹には言葉が据えられてしかるべきなのだ。言葉こそが世界を安定させるのである。

隠蔽と虚偽が政治だという常識が政治技術としてあるようだが、隠蔽と虚偽があるとしたら、それは人間や社会への透徹した目をもつことによって、手段となるということでなければならない。

本書は、文庫本で四冊二五〇〇ページ近くの大作である。冒険小説的な要素ももち、物語としてもおもしろく、文章もしっかりしている。さらに古典の物語のもつ教養的な部分も多く、作家が物語を完全に支配していることも、言葉のもつ力を感じさせる。もちろん言葉という言い方には手話、指話も含んでいる。

この『図書館の魔女』の現在の魔女マツリカは言葉が話せない。側に仕え、身を守る役も与えられているキリヒトが、手話そして指話によって意思を理解し人に伝える役割を果たしており、このキリヒトもこの物語において魔女とともに物語の中心になっている。手話が言葉による意思疎通と同じに考えられてしまいがちだが、この指話は、身体の表現としてまったく異なる表現のものと考えねばならないことが本書によってよくわかる。

手話の延長に、指の触れ合いで意思を通じさせる指話ということまで考えられている。指話は手を繋いでしか不可能で、対の関係の指の絡み合いを想像させるから、きわめてエロティックな像をもたらす。エロティックは身体的な行為をいうから、この二人に閉じられてしまう指話はまさにエロティックの本質的な意味で、表現の交歓をもたらすだろう。

この心を表現することから意思の疎通までを言語とすれば、指話は言葉より豊かな言語といえるかもしれない。とにかくこの指話によって、読者は手話も言葉も話せないからという負の面からではなく、積極的に身体の豊かな意思疎通の方法として考えさせられることになる。その意味で『図書館の魔女』は、言葉を中心に据えながら、その言葉を話せない魔女という設定で、言葉だけでなく、意思疎通の方法として手話と指話を据えているのだ。そして著者は、人権、命のたいせつさなど空虚な言葉の多い現代において、指話にこそ濃密な意思疎通の表現がありうることを空想したのではないか。
『図書館の魔女』が書物によって世界が把握できることを語っていたが、書物の禁止された世界を書くことで、逆に書物の役割を語るものといえる北山猛邦（一九七九〜）『少年検閲官』（平成一九年〈二〇〇七〉、「黄金の本格ミステリー」選出）がある。

世界大戦後、基本的な教育はじゅうぶんに検閲されたラジオによってなされるようになる。何が真実で、何が嘘かがわからなくなり、結局「考えてはいけない。統制された情報を受け容れ続けていればいい」という社会になる。

焚書《ふんしょ》され、書物のない世界になる。ミステリーもないから、犯罪の意味がわからなくなる。「書物の中には物語があって、その場にいながら、どんな世界でも知ることができる」。そして物語を知らなければ真実と虚構の区別をつけることができないのである。書物がなければ、真実か虚偽かもわからない。書物を読むことで、真実か虚偽かを見分ける力を身につけることかできるのだ。

主人公の少年はイギリス人で両親もいない。ミステリーが残存していると噂されていた日本に来た。そして首無し死体の出る町で事件の解決につき合い、自分がミステリー作家になることを決意する、という物語である。

イギリスの少年が主人公で、日本は異郷として書かれていることになる。書物があるからである。

この二冊によって、図書館は世界の書物が集まって異郷の世界をなしているということがいえそうだ。図書館に行くことは異郷に入ることにもなる。世界のどこにでも行くことができ、その文化についてもテレビである程度は知ることができ、異郷がなくなってきている現代、図書館は異郷としての位置も果たしつつある。

【昭和からのコメント】⑱：書物で世界を知る

私は小学校に上がる前に島田啓三『冒険ダン吉』（漫画雑誌『少年倶楽部』）を読んで、南洋の土人（土地の人）たちがいわゆる文明から離れて存在していることを知った。もちろんその頃は、戦前の大日本帝国の南方への膨張政策であることなど知らなかった。線路を敷いて象を機関車として列車を走らせる場面をいまだに覚えている。少年が世界を創っていく。

小学校時代、「世界名作全集」（大日本雄弁会講談社）で世界の国々を知った。アメリカ大陸は、元はインディアンたちの地で、それを白人が奪い支配していき、今のアメリカ合州国になったことを知ったのは、クーパー『モヒカン族の最後』（第四二巻、一九五二年）である。そのとき感じた、自分の土地が奪われ、自分の属する部族が絶滅していく怒りと悲しみを今でも忘れない。

書物は知らない世界、知識を教えてくれる。特に私の世代は、敗戦後にはまだ書物が乏しかったから書物に飢えていた。私が小学二年のとき、兄が猩紅熱《しょうこうねつ》で入院し、父が本でも読めと、古本屋で兄に買って与え、退院後、私が夢中で読んだ「世界童話大系」（誠文堂）第一〇巻の印度篇（大正一五年〈一九二六〉、神話学者松村武雄の解説付き）の分厚い一冊が今も私の書棚にはある。

このインドの童話集によって、僧侶であるバラモンが最上位、貴族であるクシャトリアが次の階級であることから、信仰的なもの、宗教が最も重いものであることを知り、カースト制度を知った。世界にインドという国があることを知り親しみを感じるようになった。

9　隣にある異界からこの世を見る——阿部智里『烏に単は似合わない』

阿部智里『烏に単は似合わない』（平成二四年〈二〇一二〉、松本清張賞）は、人間の住む世界のすぐ隣にある八咫烏《やたがらす》の統治する世界の物語を語る。人間の住む世界からみれば烏の社会はよくわからないが、烏も人間と同じに社会をもち、政治を行い、歴史をもっているというのである。八咫烏を始祖とする宗家が皇太子の妃を選ぶため、東西南北四つの家に娘を出させ、競い合わせ、結局、皇太子が后の役割をはたせる娘を選ぶという王の后選びの物語である。

この四つの家は儀礼、技術、交易、軍事のそれぞれを担う。いうならばこの世の構成要素を押さえ、制度としてあることが示されている。そしてこの四つの家がいろいろな結びつきをし、協力関係を結んだり、競い合うことで活気をもたらし、国が存続していくのである。それだけではない。外部の圧力が猿によって示されている。猿は烏の国を侵し、脅かしている。猿とどう戦うかが烏の国には課せられている。つまり国家は自分だけで自立し、自足しているわけにはいかない。外側の世界とどういう関係を築くかも、国家にとって重要な問題である。

この物語のすごさは二〇歳の娘が、后には愛なんてどうでもいいと言っているところにみえる。うんざりするくらい愛の絶対性が主張される現代において、若い娘が后を制度の側からみている。国をうまく治めるには、王にふさわしい王と后にふさわしい后が必要で、愛のどうこうは、支配される側が王や后に自分たちの期待する愛の幻想を当て嵌《は》めようとするものでしかない。

愛の絶対化は心変わりに否定的になる。人間は変わっていくということと対立する。変化はどういう社会にもどういう時代にも必ずある。人は多様であり、変化していくものだからである。

この変化は、子供から大人へ、大人から老人へと成長していく人間にとって本質的なことである。経験を重ねることや環境が変わることなど、変化をもたらす状況はいくらでもある。変化を止めようとするのが家族、社会である。特に家族は基本的にどの社会にもあるもので、変化を止めようとする働きをもつ。血の繋がりというものが絶対化され、父母、祖父母と血で繋がっていく家系が価値を与えられる。夫婦は別の家系に属するから束縛はない。ただ変化する心を引き留める役割を、家族がある程度は果たしてくれる。子は父にとっても母にとっても血の繋がる者だからである。

この『烏に単は似合わない』が第一巻として、「八咫烏シリーズ」はほぼ一年一冊のペースで刊行される大長編物語で、現在も展開している。第六巻『弥栄の烏』（平成二九年〈二〇一七〉）で第一部が終わり、第七巻『楽園の烏』（令和二年〈二〇二〇〉）から第二部になっていて、現在、第九巻『烏の緑羽』（令和四年〈二〇二二〉）に続いて第一〇巻『望月の烏』（令和六年〈二〇二四〉）まで刊行されている。

第一部は、八咫烏の世界の中心になる山内の成立の謎が猿たちの反乱によって示され、八咫烏の繁栄の世になったようにみえることで終わる。第二部は、人間世界からみれば荒山にすぎない八咫烏の地の所有者である人間が登場し、八咫烏の世界を守るためにその地の所有権を手に入れようとする八咫烏との確執が始まり、八咫烏の王である金烏の暗殺、継承争いなど、八咫烏の世界の危機が語られていく。

民を守ろうとする為政者の論理と支配される側の論理との超えられない溝、矛盾、為政者の国を守ろうとする意思と個人の感情とのずれなど、まさに政治が抱える根本的な問題が語られていくのには驚く。

ではなぜ、八咫烏の世界を語るのだろうか。

阿部智里の語る八咫烏の一族は、山の神を祀っているが、猿もそうであり、また人間も山の神を祀っている。八咫烏の世界と人間の世界は重なり合っている。そして八咫烏は人間の世界では烏だが、自分たちの世界では人の形にも変身でき、むしろ人の形で暮らしている。人間からみれば八咫烏は烏であり、人間ではない。つまり人間の世界の意識からみれば、八咫烏は烏でしかなく、八咫烏の世界の意識では、烏は人でもある。

このような認識においては、世界の多様性は多様な生物が存在していることで成り立っていることを前提としている。しかし、われわれには世界は多様だといっても、多様性が認められているのは人間の世界だけで、他の生き物は人間に利用されるだけ利用され、邪魔するものは「駆除」されている。

阿部智里は、人間と他の動物である八咫烏とを対等にすることで、八咫烏の目からその一族の物語（歴史）を語り、この世界の豊かな多様性を語ろうとした。『烏に単は似合わない』以来、八咫烏一族の物語を書き続け、第六巻『弥栄の烏』は、そのタイトルの通り、山神の祭祀をめぐり猿の一族との戦いに勝利した八咫烏一族の繁栄を語る。

ここで物語は終わってもいい。しかし第七巻『楽園の烏』は「楽園」と呼べる世になったはずなのに、下層の女は売春婦をやめ、仕事が与えられるが、夫や子と離れ離れにされているなど、問題はある。

つまり第一部における金烏を中心とする四家の体制の成立と崩壊、いうならば神話に基づいた古代的な秩序の崩壊によって、第二部では八咫烏の世界がどのように変容していくか、新たな展開が始まっている。ということは、この物語は八咫烏の中世、近代と歴史を語るものと予想される。

その新たな展開は、人間社会との接触である。八咫烏の住む空間も、人間の世界では人間の所有者がいた。所有者によってはレジャーランドとして開発されてしまうことだってある。八咫烏は、その所有者から所有権を手に入れることで、昔からの自分たちの世界を守ろうとする。どのように物語は展開していくのか、新たな自然と人間との関係が語られる気がする。それは人間世界の側の変容と密接に関係している。

『烏の緑羽』では、八咫烏の国の王金烏が暗殺され、国は混乱のなかにある。人間の世界へ留学し、新しい知識や技術を取り入れ、新しい体制への準備もなされつつある。その後、この物語がどういう展開をみせるのか、それこそまったく新しい世界像が示されていくことが期待される。

おわりに――世界はどこへ向かうのか

最後に、本書の締め括りとしても、未来への危惧を語っておきたい。たぶん今、誰でもが少子化では未来がないかのように考えているのではないか。

政府だけでなく野党も子ども手当みたいなものを支給する方向で未来を語っている。政治家たち、ジャーナリズムに登場する知識人たちもみな同じみたいだ。しかし手当を出せば子を作るとすれば、出産は金儲けと考えられないこともない。未来とはあるべき姿を示すことだろう。明るい未来が示されないで、親は安心して子をもうけるだろうか。しかもこのための膨大な予算は税制として未来を縛ることになるだろう。

そういう議論もきちんとなされていない。温暖化問題を含め、地球がだめになっていく方向が年々はっきりとみえ、日本の財政的な破綻さえ危惧されるなかで、それらに対する政策もじゅうぶんなされないで、子供が増えれば未来はあるとは、未来に対して無責任な言い方ではないか。

私は、少子化自体は自ずと進行すると考えている。世界の人口はもう少しで百億人を超えようとしている。少子化と騒いでいるのは、欧米や日本など、かつてのいわゆる先進国であって、インドやアフリカ諸国はどんどん増えている。温暖化、食糧問題なども人口の増加と関係しているに違いない。

生物はある種だけが異常に増えると必ずその種は疫病が流行るなどして激減していく。自然界はそうしてバランスをとってきた。この人口の異常な増加は疫病などで激減するのが自然の摂理であった。ところが医学の進歩、環境の改善などによって減少しない事態になってしまった。それは自然の法則に反する。もちろん人類がどのくらい増えることが自然の摂理に反することとなのかわからないのだが。

世界全体からいえば、とにかく人口は減らさねばならない。その方向からいえば、日本を始め、かつてのいわゆる先進国はそうなっている。その意味では、自然の摂理にかなっているといえよう。ところが地球全体では人口は増えている。これは人間が作りだした歴史的な状況である。

温暖化、人口増加と自然の摂理にかなっていない事態が人間によって起こっている。ならば人間が止めなければならない。それが自然が人間に課している人間のあり方なのである。人間を生き物全体から考えねばならない。人間が自分の利益のためにどんどん開発して酸素を減らし、他の生き物を滅ぼしていくことは、命をたいせつにするのなら許されるべきことではない。

少子化問題はそういうレベルから考え始めねばならない。いわゆる先進国が労働力不足であり、その不足分をいわゆる後進国から働き手を補充するという体制を取ってきたことは、いわゆる先進国と後進国の利害が一致するといえるにしても、労働の種類を差別化することにも繋がっていった。それゆえその分野の賃金が安く抑えられることにもなり、職種による格差ができていくことにもなり、差別が起こっていった。

介護はその典型である。介護は日常生活の世話をするのが好きという人は必ずおり、そういう人を頼りにして成り立ってきた分野である。家庭内労働の価値は客観的に測るのが難しいこともあり、低い評価が与えられてきた。ところが介護は老人の増加、医療の発達により、必要度は増した。一方自分らしさ、自分に向いた仕事、好きなことなどを中心に置く考え方や感じ方をもつ者は、わがままな老人に合わせ、自分を殺さねばならず、下の世話もしなくてはならない場合もあり、抱え上げたり体力もきつい仕事を嫌うだろう。

つまり世話好きの範囲を超える被介護者に対応できる、仕事としての介護は人手が足りなくなる。そこで外国人労働者を雇うことになる。しかも技術を身につける研修などという制度を作り、安い労賃で働かせている。こんなことが続くわけはない。この状態を脱するには仕事としての介護を労働として位置づける考え方、感じ方が必要である。賃金をそれなりのものにすることはもちろん、労働によって生活を成り立たせるという基本的な生きる態度を共有する社会に戻ることではないか。個人が突出してしまい、嫌なことはやらない、人に従うことを嫌い、楽をして稼ぐ、好きなことをして稼ぐという態度になってしまった。

最も安易なのは飲食店を開くことだろう。私の住む街も飲食店が飛躍的に増えた。そこには若い者が働いている。三年くらい前、煮干し出汁のラーメン店が開店した。昔のラーメンは煮干し出汁が普通で、今風の濃厚な脂とは違うさっぱりした味かと入ってみた。呼び込み、店内の案内、注文取り、カウンター内の調理人二人、食器洗い、会計とすべて二〇代から三〇代前半の若者で、開店してまもない活力があり、たぶん仲間で事業を始めた感に溢れていた。ただこんな人数はいらない、これでは採算がとれないと思わせられ、それほどの味でもなく、仲間内ラーメンと思わされた。

この例を出したのは、仲間で楽しくできればよく、儲けはそれほど問題ではないという考えがあるのではないかと思わされたからだ。これでは仕事、職業ではない。学園祭の模擬店の延長ではないかということである。働き手不足といっても、このように商売としては無駄な人数を抱えている。そして介護などの嫌われる職種では足りないのである。

労働を価値あるものとする感じ方が定着する考え方が要求される。それと関連して、自分らしさなど自分を絶対化しない考え方の必要性がある。私はそういう考え方をしたことがないが、好きな自分と嫌いな自分があるとして、両方を含めて自分である。明るい性格の人が好きな人にふられて悲しんでいるのを、自分らしくないと力づけるのはおかしい。みんな含めて自分である。人間自体が多様なのである。だからたいていの人はたいていのことはこなせる。たいていの人はたいていの仕事はできる。

自分を固定化しないことである。かつては宗教があることで自分を超えるものの存在を感じることができた。しかし宗教がなくなっても自分を超えるものに出会うことはよくある。最もわかりやすいのは、文学・芸術である。文学は個人がその人の個性を発揮するもののように思われがちだが、まず文体がなければ書けない。文体は社会がもっているもので、それを子供時代から叩き込まれ、文章が書けるようになる。いったん書けるようになると、自分の書きたいこととのずれを感じ、葛藤が始まる。そうして自分に合った文体ができていく。それができれば、比較的楽に書けるようになる。文体が書かせてくれるのである。

私は創作ではなく、批評・研究の分野だが、若い頃さんざん苦労したすえ、自分の思考方法みたいなものができていった四〇代の頃には文体ができて、依頼原稿などはだいたいたいの構想ができて、書き始めれば自ずと文章になって書き上げることができるようになった。文体に委ねれば書けるようになったわけだ。

その文体を作ったのは私だが、社会的には文体があり、それを学んで作ったわけで、他の人たちもそうしているのだから、それとの違いを個人の固有性を絶対化して言えば独自の文体といえるが、その違いはたいしたことはなく、バラエティーとみなせば個人は一人一人異なるのだから、その差異とみなせばいい。だいたい個人の固有性を第一にすれば、みんな違うのだから、結局理解できないということになってしまうではないか。他人との断絶を考えるより、むしろ現代の文体というおおまかな枠組みのなかの変異くらいに考えたほうが息苦しくない。平安期はもちろん、明治・大正期、さらに敗戦以前の文体と現代の文体とは明らかに違いがあり、それらの違いは時代的なもので、同時代の違いは個人の違いとすればいいのである。その時代の違いは個人を超えるといえる。つまり個人を超えるものは確かにあるといえるのである。

といって、宗教ではないのだから、自分を超えるものを上位に据える必要はないが、先に述べたように、批評や研究をするようになって、自分の文体を作っていき、文体が私に書かせると感じるようになった。広げれば文学である。文学が私に書かせるのである。文体は自分が鍛錬して獲得したものだが、文学を上位に置かなければならないのは、私だけが文学に向かうわけではないからである。

私も文学に向けて書く。そして私だけの見方でないかいつも検討している。つまり文学という私を超えているものに向き合うことで、私の位置、考え方が私を超え、すべての人々に通じることを求めている。

いったん経済優先の考え方を止めて、生物、地球規模で人間、社会、自分を考えてみたほうがいい。コロナ禍はそのチャンスと期待していたが、経済を回すなどという言葉が流行り、元に戻ってしまった。未来もみえない状況では、人との繋がりなどといっても、共通な像がみえない。未来は共通にえがかれるものではないのか。それにはやはり最も基本的な、人間とは、社会とはという根源に帰って考え直すことしかないように思える。

平成が終わってすぐに新型コロナウィルスの流行があった。これは昭和が終わってすぐバブルが崩壊したのと似ている。「平成」は方向を模索しただけで終わるとともにコロナ禍に襲われ、さらにウクライナ、ガザの戦争によって、欧米世界に対する共通の見方であった人道・人権という理念のまやかしをみせつけられたが、その理念は二〇世紀、昭和のものでもあった。したがって、「平成期」が昭和の影を引きずり、その負の部分を先鋭化することで、「令和」に入ってきている。

われわれは、資本主義、自由主義、民主主義などを信じるのではなく、もちろん社会主義などではなく、新しい思想を求め続けねばならない。繰り返し述べてきたように、それはこれまでの全てを否定することではなく、人類が数千年かけて蓄積してきた知、思想を原理的に検討してみることから始まるのではないか。

あとがき

今年は元旦早々能登の大震災から始まった。たぶんほとんどの人が近い未来に起こるとされている南海トラフ大地震を思ったに違いない。平成時代はバブルの崩壊から始まり、阪神淡路大震災、地下鉄サリン事件、東日本大震災と悪いことが次々に起こった時代だったが、まだ南海トラフ大地震は起こっていなかった。もうそろそろかと思わせたのである。

未来は暗い。温暖化の怖さは世界中で大洪水、大山火事などが起きていることで知っているし、プラスチック廃棄物が魚の内臓に蓄積されていく害は、いずれ表面化してくるだろう。

この暗さを意識すると少子化など当然にみえてくる。希望はどこにあるのだろうか。温暖化にしろ人間の文化がもたらした部分が大きいのなら、人間が責任をとる必要がある。ところが、責任をとるどころか、社会は暗いことを嫌い、深刻にならず、明るく過ごす風潮になっている。友人が所蔵しているジュルジュ・ルオーの銅版画『ミセレーレ』（全五八点）を原爆の地広島の美術館に寄贈しようとしたら、暗いものは好まれないと断られたと聞いた。向かい合っていると、対象が考えることを迫ってくるような芸術・文学などは避けられ、体育系のいわゆる前向きの明るい、深くものを考えない者が好まれる社会になっている。

しかし温暖化にしろ、このままほうっておくことのできない状態になりつつあり、一人一人が電気を消費したり、自動車を乗り回していることに責任を負っていることを自覚しなければならなくなってきている。自由は責任をもつことと背中合わせなのだ。

この本を執筆したのは、身近なところで考えるきっかけ、考えることの基本を書いておきたかったからである。世界が少しでも明るい未来を抱けるようになればいい。

書き始めてから三年は経った。前著以上に平凡社新書編集部の和田康成さんにご迷惑をおかけすることで、本書はなった。書き始めたのにうまく進められなくなって、中断したり、また書いたり、やめようと思ったりしている私をなんとか最後まで奮い立たせてくれたのである。

二〇二四年二月二〇日

古橋信孝

【著者】
古橋信孝（ふるはし のぶよし）
1943年東京都生まれ。東京大学文学部国文科卒業、同大学院博士課程修了。武蔵大学名誉教授。84年「古代のうたの表現の論理」で第1回上代文学会賞を受賞。99年「和文学の成立」で文学博士（東京大学）。著書に『ミステリーで読む戦後史』（平凡社新書）、『古代の恋愛生活』（NHK ブックス）、『万葉集――歌のはじまり』（ちくま新書）、『誤読された万葉集』（新潮新書）、『日本文学の流れ』（岩波書店）、『文学はなぜ必要か――日本文学&ミステリー案内』（笠間書院）などがある。

平凡社新書 1056

ミステリーで読む平成時代
1989-2019年

発行日――2024年4月15日　初版第1刷

著者――古橋信孝
発行者――下中順平
発行所――株式会社平凡社
〒101-0051 東京都千代田区神田神保町3-29
電話（03）3230-6573［営業］
ホームページ https://www.heibonsha.co.jp/
印刷・製本―図書印刷株式会社
装幀――菊地信義

ISBN978-4-582-86056-6